나는
행복한
바보 목사
입니다

나는
행복한
바보 목사
입니다

펴낸날 2021년 12월 25일

지은이 이형우
펴낸이 주계수 | **편집책임** 이슬기 | **꾸민이** 김소은

펴낸곳 밥북 | **출판등록** 제 2014-000085 호
주소 서울시 마포구 양화로 59 화승리버스텔 303호
전화 02-6925-0370 | **팩스** 02-6925-0380
홈페이지 www.bobbook.co.kr | **이메일** bobbook@hanmail.net

© 이형우, 2021.
ISBN 979-11-5858-836-6 (03810)

힐링편지 쓰기로 은퇴 없는
100세 현역인생을 살아가다

나는
행복한
바보 목사
입니다

이형우

매일 3,000명에게 힐링편지를 발송하는

바보 목사의 세상을 향한 진한 러브레터

〈나는 행복한 바보 목사입니다〉를 코칭하면서 말로 다할 수 없는 감동과 은혜를 받았습니다. 저와 같은 부천노회 소속인 기쁨의교회 이종선 목사님의 소개로 이형우 목사님의 책을 코칭하게 되었습니다. 처음 만나서 이형우 목사님의 지나온 인생 여정과 한울교회 목회 이야기를 듣고 함께 목차를 만들 수 있었습니다. 이형우 목사님은 은퇴 후 7년간 힐링편지를 써서 3,000여 명에게 발송을 해왔기에 글쓰기에 많은 훈련이 된 상태로 이번에 귀한 책을 쓰시게 되었습니다. 원고를 보면서 제가 받은 감동과 은혜를 몇 가지로 나누어 보면서, 이 책을 많은 분이 읽었으면 하는 마음으로 추천하고자 합니다.

첫째로, 〈나는 행복한 바보 목사입니다〉는 글을 쓴 이형우 목사의 진실된 삶이 고백된 감동의 글입니다. 원고를 읽어나가다가 여러 번 멈추어서 눈물을 흘렸습니다. 저자의 삶에서 우러나오는 진실된 고백이 저의 마음에 큰 감동으로 다가왔기 때문이었습니다. Part 1 바보 목사의 인생 고백, Part 2 바보 목회를 하다, Part 3 바보 목회의 감동 스토리, Part 4 바보 목사의 세상을 향한 힐링편지, Part 5 바보 목사 이형우 은퇴자의 롤 모델이 되다, 전부 5개의 Part로 구성된 내용은 모두가 감동을 주는 내용들로 페이지 페이지마다 알차게 구성이 되어있습니다. 아마도 이 책을 읽는 독자들도 저와 똑같은 감동을 하시리라 생각합니다.

두 번째로, 〈나는 행복한 바보 목사입니다〉는 한국교회 모든 목회자와 성도들에게 귀감이 되는 글입니다. 이형우 목사님은 대기만성(大器晩成)의 자세로 평생을 기도하면서, 성실하게 최선을 다하면서 살아온 진실된 주님의 종입니다. 선한 목자이신 예수님의 삶을 그대로 실천하며 살아온 목사님이십니다. 그래서 저는 이 책의 원고를 읽으면서 이 책이 규모있는 출판사에서 잘 출간되고, 방송을 통해서도 많은 분에게 소개되었으면 좋겠다는 바람을 갖게 되었습니다.

세 번째로, 〈나는 행복한 바보 목사입니다〉는 은퇴자들에게 롤 모델입니다. 현역 목회 70년, 은퇴하고 어떻게 살아야 할지에 대해서 이형우 목사님의 삶과 글은 방향을 제시해 주고 있습니다. 은퇴 후 7년간 성실한 글쓰기로 매일 힐링편지를 발송했던 그 감동이 이번에 책으로 출간된다는 점도 은퇴자들에게 닮고 싶은 점이 되리라 생각합니다. 책 출간과 더불어 이형우 목사님의 인생 여정이 120세까지 은퇴 없는 현역 인생으로 더 행복하시기를 기원하며 독자 여러분의 일독을 권합니다.

박성배 목사 (코칭 전문작가, 『한국교회의 아버지 사무엘 마펫』 외 다수의 저자)

언제나 놀림을 받고, 속고, 손해를 보면서도 남을 미워할 줄도 모르고 밝게 웃기만 하는 사람을 우리는 '바보'라고 부릅니다. 자기의 고통으로 아파하면서도 남의 아픔을 보면 또 함께 울어 주는 사람, 자기도 손해를 보고 힘든 중에도 손해 본 사람들을 보며 안타까워 어쩔 줄 몰라 하는 사람, 그런 중에 또한 항상 사람들의 관심에서는 한 발짝 밀려나 살아가는 사람, 그를 우리는 '바보'라고 합니다.

오늘날 우리 주변에 아직도 이런 바보가 과연 존재하기는 하는가? 어쩌면 우리의 삶에서 이런 바보는 찾아보기 힘든 시대가 되었는지도 모릅니다. 아무리 눈을 열고 세상을 둘러보아도 이 바보가 보이지 않습니다. 그래서 우리는 이런 '바보'가 그립습니다.

이형우 목사님, 목사님은 그런 바보로 살아가는 분입니다. 바보로 살다가 죽으시고 모든 사람에게 생명과 행복을 주신 예수님처럼 그분의 삶을 흉내라도 내고 싶어 가히 몸부림을 치면서 바보로 살아갑니다. 전국 방방곡곡에, 온 세계에 힐링 편지를 전하는 것은 바보가 아니면 할 수 없는 일입니다. 그 일을 행복해합니다. 그 행복은 거룩한 바이러스가 되어 힐링편지를 받는 모든 사람을 행복하게 하며 행복한 삶이 어떤 것인가를 배우게 합니다.

목사님이 하루하루 삶의 교훈을 담아 진솔하게 그려낸 이 한 권의 책은 서재 책장에 꽂혀 있는 책이 아니라 독자들의 손에 들려 읽히고 또 읽힐 것이라 확신합니다. 그 내용이 우리의 삶의 현장에서 더욱 가치 있는 정신적 신앙적 삶의 Trend를 제시하는 나침반의 역할을 할 것이기 때문입니다.

목사는 정년이 없습니다. 생을 다한 후 주님 앞에 서는 그 날이 정년입니다. 그렇게 正心, 그리고 淨心의 목회를 하시는 이형우 목사님의 사역과 이 한 권의 책이 우리 모두의 삶에 더욱 깊고 넓은 십자가 복음 생활의 양분이 되기를 바랍니다.

서임중 원로목사 (포항중앙교회)

지난 7년 동안 이형우 목사님의 힐링 편지를 매일 읽은 독자이기에 이 책을 읽지 않아도 추천서를 쓸 수 있다고 생각했습니다. 허나 막상 원고를 받아보니 목사님의 깊은 영성과 훌륭한 삶의 여정이 녹아있고 조부모님과 고생하신 부모님의 고난을 통한 기도와 헌신이 스며들어 있어 새삼 감동을 받았습니다.

한 페이지를 넘길 때마다 남다른 가족 이야기임을 알게 되었습니다. 목사님이 가슴 따뜻한 목회를 하셨던 것도 이런 가정 배경이 열매로 맺은 것이라 생각합니다. 이 책에 담긴 소소한 일상의 이야기들은 담이 없고 대문이 없어 누구와도 소통할 수 있고 누구나 드나들 수 있는 편안한 집과 정원 같았습니다.

책을 펼치자 첫 페이지부터 마지막 페이지까지 멈추지 않고 읽게 되었습니다. 〈나는 행복한 바보 목사입니다〉는 독자들의 영성 회복과 내적 치유와 많은 목회자에게 새로운 삶의 방향을 제시해 주는 좋은 책임을 확신합니다. 예수님을 닮으려 몸부림치며 '바'라'보'고 살아오신 목사님의 신간 〈나는 행복한 바보 목사입니다〉

출간을 축하드리며 앞으로 계속 2권, 3권이 출간되기를 기대하며 기도하겠습니다.

2021년 11월
김옥례 전도사 (봉신교회)

은퇴 후 힐링편지를 시작하여 진짜 행복을 찾다

볼드원

인생의 뜻을 세우는 데 있어 늦은 때라곤 없다.

67세에 3년 일찍 은퇴하다

나는 2015년 1월 18일, 내 나이 67세에 은퇴했다. 정년에서 3년 일찍 은퇴한 것이다. 조기에 은퇴하면 연금이 줄어드는 요즘이었다면 은퇴를 망설이다가 정년까지 갔을 것이다. 그런데 감사하게도 연금법이 개정되기 전이어서 부담 없이 은퇴하였다. 해마다 신학교에서 목회자들은 쏟아지는데 자리만 붙잡고 세월 보내는 것은 도리가 아니라는 생각이 지배적이었다. 안정된 교회에서 그냥 주어진 사역만 하면 누가 뭐라고 할 사람이 있겠는가? 하지만 젊고 유능하고 의욕적인 후배가 뒤를 이어주는 것이 교회를 위해 유익하다는 판단을 내리고 용퇴를 하였다.

은퇴하기 전 앞으로 남은 생애를 어떻게 보낼 것인가를 생각했다. 하나님께서 내게 바라시는 은퇴 후의 삶은 무엇일까? 기도하는 중에 내가 아는 지인들께 매일 힐링편지를 쓰기로 했다. 예전의 우리 시대는 편지를 통해 의사를 주고받았다. 아내와의 러브스토리에서 밝히겠지만, 당시 군에서 나는 동료의 소개를 받고 거의 매일 군중에서 일어난 일상의 이야기들과 보고 느끼고 생각하는 것들을 글로 써서 6년간 펜팔을 하다가 결혼을 했다. 편지란 부담 없이 읽을 수 있는 글이다. 그냥 매일 살아가는 이야기들을 진솔하게 적으며 일상을 통해 내 생각과 삶을 소개하는 것이다. 이처럼 자신의 일상을 있는 그대로 표현하는 것은 쉬운 일이 아니다. 그래서 어느 분은 카톡을 받으며 매일 목사님의 일기를 훔쳐보는 느낌이라 표현했다. 누가 자신의 일상을 모든 이들에게 공개하는 글을 쓸 수 있겠는가? 이것은 전 세계에서 오직 나만이 할 수 있는 유일한 사역이라 생각한다.

은퇴 후 '이형우의 힐링편지'를 시작하다

내가 매일 보내는 편지에 '이형우 목사의 힐링편지'라는 타이틀을 붙인 것은 편지를 통해 몸과 마음과 영혼의 치유를 목표로 하기 때문이다. 현대인들은 수많은 질병에 노출되어 있다. 몸의 질병과 마음의 질병, 영혼의 병으로 고통받아 죽어가는 존재들이다. 그런 그들에게 건강에 대한 정보들을 주고 불안과 염려, 미움과 스트레스, 마음의 병으로 고통당하는 이들에게 삶의 유익한 좋은 글들과 감동 글들을 보내주고 설교와 간증, 찬양, 신앙에 대한 글들을 통해 몸과 마음과 영혼의 병을 고치는 데 목적이 있다. 이렇게 매일 나의 글을 카톡을 통해 받는 이들이 3,000명이나 된다. 나의 글을 받는 이들은 그 신분과 연령이 다양하다. 은퇴한 노인부터 청년, 심지어 나의 어린 손녀도 글을 받는다. 자기 나름으로 소화시키는 동안 몸과 마음이 성숙할 테니까. 종교도 다양하고 받는 나라도 다양하다. 그분들은 좋은 글이나 예화들을 설교에 쓰기도 하고 지인들께 글로도 보내며 다양하게 활용한다.

그러면 그게 목회가 되는 것이다. 나의 글을 설교에 사용하면 내가 그 자리에 있는 것이고 시나 수필, 글들에 사용하면 내가 그들과 함께 활동하는 것이다. 이건 제한된 강단에서 설교하고 성도만을 상대로 하는 목회보다 얼마나 다양한 목회 사역인가? 그래서 나는 거의 하루를 자료들을 모으고 글 쓰는 데 집중한다. 어떤 때는 새벽기도 가기 전 2~3시까지 일할 때도 있다. 목회할 때보다 더 바쁜 사역이다. 카톡은 메일과 달리 한 번에 열 명까지만 보낼 수 있다. 그러려면 보내는 시간만도 엄청나다. 거기에 카톡을 통해 알게 된 이들이나 가까운 이들과 함께 만나 식사도 하고 여행하는 것 또한 빼놓을 수 없는 행복이다.

✓ 박성배, 이종선 목사와의 만남

코칭 전문작가 박성배 목사의 코칭으로 책을 쓰게 되다

이번에 뜻하지 않게 이렇게 책을 쓰게 된 것이 전적으로 하나님의 은혜라 생각한다. 전도사로 중·고등학생 때 지도했던 이종선 목사가 코로나로 치유 성회 집회가 어려워져 기도 중에 온라인 부흥회를 기획하고 내게 하루 세 번씩 사흘간 부흥성회를 인도해 달라 부탁했을 때, 나는 여기에 하나님의 뜻이 있다고 생각했다. 나는 부흥회를 인도하는 전문 강사가 아니다. 그냥 바보처럼 목회에만 매달려온 목회자였다. 한때 부흥사를 꿈꾸던 때가 있었다. 중2 때부터 고향인 청주 옥산교회서 아동부 교사로 하나님을 섬기면서 어린이들을 부흥시키는 방법을 터득했고 서울로 올라와 몇몇 교회에서 맡은 부서를 부흥시키며 나름대로 내게 부흥사 기질이 있다고 생각했다. 그래서 개포동에서 개척교회인 한울교회를 섬기게 되었을 때 마침 당대 최고의 부흥사였던 성민교회 신현균 목사님께서 방배동에서 부흥사 학교를 연다고 하여 제2기로 지원을 했다. 당시 부흥사 학교 교수들은 당대 이름을 날리던 기라성 같은 부흥사들이었다. 하지만 1학기 도중 모 부흥사의 강의를 듣고 실망해서 그만두었다. 몇 명 이하 교회는 안 가고 얼마 이상 사례비 주는 교회만 간다는 말에 이대로 가다가는 나도 모르게 타락하겠다는 판단 때문이었다.

그리고는 목회 30년 동안 아주 가끔 부흥사를 초청할 여력이 없는 개척교회나 농어촌 교회에서 부흥회를 요청했을 때 사례비 없이 내가 헌금을 해주는 집회만 다녀왔다. 그리고 그 교회 상황을 알게 되면 우리 한울교회에 광고해서 작정 헌금을 통해 차를 사주거나 교회 수리를 해주는 등 필요한 일들을 도와주었다. 나는 이런 바보 같은 나의 뜻에 기꺼이 동참해 준 한울교회와 성도들께 이 시간을 빌려 깊은 감사를 드린다.

부흥회는 나름대로 의미가 있다. 담임목사가 가르치지 못하는 부분을 가르치고 성도들을 영적으로 훈련시키는 데 아주 효과적이다. 그래서 나는 전문 부흥사가 아닌 착실한 목회자들을 중심으로 강사를 초청해 1년에 두 번씩 부흥회를 가졌다. 이름 있는 이들에겐 강사료를 많이 드리고 숙소도 좋은 곳으로 정해야 한다는 불문율은 내게 통하지 않았다. 내가 부흥사를 꿈꿨기에 나름대로 정한 원칙에 따라 숙소는 모두가 공평하게 평범한 곳으로, 본 교회에서 사례비는 받고 부흥회는 봉사하라는 의미로 강사료는 아주 적게 드렸다. 나는 부흥회를 그렇게 해야 한다고 생각한다. 이번에 내는 첫 번째 책의 추천사는 어려울 때 여러 번 한울교회에 오셔서 부흥회를 인도하며 은혜를 끼치신 존경하고 사랑하는 서임중 목사님과 김옥례 전도사님으로 정했다.

이번 온라인 부흥성회 집회 기간에 이종선 목사를 통해 책 쓰기 코칭 전문가인 박성배 목사를 만났다. 이종선 목사가 그동안의 치유 성회를 인도하며 겪었던 수많은 기적들, 귀신이 쫓겨나고 난치병이 치유되고 문제가 해결되는 역사들을 책으로 쓰면서 자신을 코칭 해준 박성배 목사를 내게 소개해준 것이다. 코칭 전문 작가가 된 박성배 목사는 건축한 교회가 파산으로 넘어가고, 죽음을 생각할 만큼 절망의 나락에서 매일 도서관에 파묻혀 13년간 일만여 권 이상의 책을 읽었다. 그러면서 삶의 의욕을 되찾아 14권의 책을 쓰고 50권의 책을 코칭하면서 책 쓰기 전문 강사로 활동하는 분이다.

이종선 목사는 나에게도 책을 내는 게 좋겠다고 했다. 그래서 두 번을 만나 책의 제목을 〈나는 행복한 바보 목사입니다〉로 정하고 거기에 따른 몇 개의 주제와 주제마다 소제목을 정해 매일같이 한 꼭지씩 쓰도록 지도를 받았다. 두 번을 만나는 동안 내게도 글을 쓸 수 있다는 용기가 생겼다.

나는 은퇴 후에 더 바쁜, 은퇴 없는 영원한 현역인생을 살고 있다

은퇴하니 어느 목사님이 내게 말하기를 자기가 아는 어느 목사님이 '웃음치료 강사'로 활동하며 잘나가다 은퇴하고 하는 일 없어지니 우울증에 걸려 치료를 받고 있다고 했다, 그만큼 은퇴 후의 삶이 중요한 것이다. 나는 은퇴 후 지금까지 하루가 어떻게 가는지 모를 만큼 너무도 바쁘게 살고 있다. 시간에 제약 없이 자유로우니 감사하고, 내가 하고 싶은 일 마음대로 할 수 있으니 감사하다. 은퇴한 후가 더 행복한 삶, 그것이 나의 현재 삶이다. 이렇게 살다가 어느 날 하나님께서 부르시면 사명의 날개를 접고 하늘로 날아오르리라.

'주님, 내게 주신 모든 은혜를 감사합니다.' 기도하면서….

2021년 11월
이형우

Part 1

바보 목사의 인생 고백

잠 16:9

사람이 마음으로 자기의 길을 계획할지라도 그의 걸음을 인도하시는 이는
여호와시니라

01

할아버지 할머니 이야기

잠 22:6

마땅히 행할 길을 아이에게 가르치라 그리하면 늙어도
그것을 떠나지 아니하리라.

나의 인생에 가장 큰 영향을 끼친 분은 나의 조부모님이시다.
천안, 온양, 대전, 경산, 제주도, 울릉도…. 여기저기 떠돌아다니며
목회하신 아버님은 자녀 다섯을 데리고 다니실 수 없었다. 당시 약
한 교회들이 식구 많은 목회자를 부담스러워 하며 원치 않았기 때
문이다. 아버님은 5남매 중 두 명 정도만 데리고 다녔는데 당연히
맏이인 나는 할아버님께 맡겨질 수밖에 없었다. 일손도 거들고 동
생들도 돌봐주어야 했기 때문이다. 그렇게 소년기와 청소년기 동안
나는 할아버님의 밑에서 늘 연구하는 진취적 자세와 새로운 세계
를 열어가려는 개척정신과 지나칠 만큼 고지식한 신앙 자세를 배
울 수 있었다. 이것은 어떤 재산보다 귀한 조부모님의 유산이다.

할아버님은 황해도 재령 출신으로 어떤 이유신지 연평도로 이
주하셔서 복음을 받고 연평도 교회에 나가셨다. 하지만 한동안은

✓ 할아버님(뒷줄 왼쪽)과 할머님(앞줄 맨 오른쪽)

이름뿐인 가짜 신자로 집사 임명을 받고도 노름과 담배에 빠져 사셨다. 마주 보이는 언덕에 교회당이 있었는데 할아버님은 창호지문에 거울을 달고 창호지를 덮어씌운 후 가끔 창호지를 열어 밖을 내다봤다. 친구들과 화투를 치며 담배를 피우다 전도사님이 내려오는 기미가 보이면 잽싸게 화투를 걷어내고 친구들을 뒷문으로 도망시킨 후 문을 열어 연기를 환기시켰다. 당시 교회는 집사가 되면 술과 담배를 멀리하게 했기 때문이다.

그런데 어느 날 아버님이 일곱 살쯤 되었을 때 할아버지께서 '가게 가서 담배 사와라.' 심부름을 시켰다. 그랬디니 7살이었던 아버지가 난처한 얼굴로 '아버지 담배 심부름 이번만 하고 담엔 안 할 거예요.' 하더란다. 아버지는 어린 나이였지만, 집사가 담배를 피워선 안 된다는 것을 알기에 아버지의 위선적 행동에 불만을 느꼈기 때문이다. 그 말에 할아버님은 바로 담뱃갑을 재래식 변기통(커다란 항아리로 만들어 쪼그리고 걸쳐 놓은 나무판대기에 앉아서 변을 보는 변기통)에 던지고 다시는 담배를 피우지 않았다 한다. 감히 아버지께 그런 말을 한 아버님도 대단하지만, 아들의 충고 한마디에 피워오던 담배습관을 단칼에 자르신 할아버님의 결단력 또한 존경스럽다.

그렇게 신앙생활에 접어드신 할아버님은 철저히 기도와 말씀 속에 사셨다. 이 땅의 비극인 6·25동란이 일어나고 수많은 피난민이 남하할 때 할아버님은 기르시던 면양(털 깎는 양)들을 몰고 남하해 청주 옥산 땅에 자리를 잡으셨다(어떻게 해서 양을 기르게 되었는지, 피난 나올 때 몇 마리였는지는 물어보지 않아 알 수 없다. 나중에는 양들이 200마리 정도 되었고 양을 처음 본 동네 사람들은 우리 집을 '양집'이라 불렀다). 할아버님이 먼저 피난을 떠나시고 할머님이 뒤이어 나를 업고 물어물어 합류하셨다(당시 나는 48년생 네 살이었고 동생들 넷은 모두 청주에서 태어났다). 할머님 등에 업혀 내려오던 기억이 어렴풋하다.

빈손으로 양들을 몰고 내려오신 할아버님은 어떻게 하셨는지 옥산의 버려진 황무지 모래사장을 불하받아 불도저를 빌려 수만

평의 땅을 개간해서 논들과 밭, 양어장을 세 개나 만드셨다. 기름을 넣는 커다란 기름통 여러 개에 알록달록한 잉어 새끼(치어)들을 가득 사다가 양어장에 풀어 넣던 모습이 눈에 선하다. 내가 왜 이런 물고기 새끼들을 사다 넣느냐 물으니 '앞으로 물고기들을 키워 돈을 내고 낚시질하는 시대가 온다. 그때가 되

✓ 할아버님의 양치는 모습

면 너희들은 돈을 많이 벌게 될 거다'라고 말씀하셨다. 미래의 우리 세대를 내다보며 남들이 꿈도 못 꾸는 사업장을 여신 것이다.

수십 년 후에 그런 시대가 왔지만, 너무 시대를 앞질러 가셔서 빛을 보지 못하셨다. 공짜로 고기를 잡아가는 이들만 자주 양어장에 들렀다. 중·고등학교 선생님들도 어떻게 알았는지 '형우야. 너희 집에 양어장이 있다며. 이번 주 일요일에 갈게. 할아버님께 말씀드려' 그리고는 고기 망태에 팔뚝만 한 잉어들을 한가득 잡아갔다(솜씨가 필요 없이 낚시만 넣으면 팔뚝만 한 잉어들이 물렸으니까). 고맙다는 말 한마디만 남기고…. 난 솔직히 속으로 화가 났다. '사룻값이라도 내고 가야지. 선생들이라고 공짜가 말이 되냐.'

그렇게 엄청난 농토를 확보한 우리 집은 양들이 배설한 똥들과 아래 깔아준 짚들로 풍성한 퇴비를 양산해서 백사장을 점점 비옥한 땅으로 변화시켜 갖가지 농산물들을 생산했다. 밀, 보리. 쌀, 콩, 조, 고구마, 감자, 수박, 참외. 옥수수…. 그때 나는 학교 다녀오면 숙제를 할 꿈도 못 꿨다. 큰일은 일꾼과 식모들이 하지만 고구마 심기. 감자 심기, 캐기, 김매기, 도리깨질(막대를 몇 개 묶어 콩이나 밀을 내리쳐 터는 일), 아기 업기, 부엌에 불 때기, 양치기…. 아휴, 이런 일을 대수롭지 않게 생각 말라. 당신이라면 잘해낼 수 있겠는가. 아직 초등학교 어린 나이부터…. 에고, 이건 머슴 중에 상머슴이다. 돈도 안 주고 부려먹는….

양치기는 정말 하기 싫은 일이다. 양들을 몰고 제방을 내려가며 풀을 뜯기는데 이놈들이 풀만 뜯으면 얼마나 좋겠는가. 몇 놈은 주인 눈치만 보다가 조금이라도 한눈팔면 순식간에 밭에 뛰어들어 순을 싹둑 잘라먹는다. 그럼 주인들이 집으로 쳐들어온다. '영감, 양들이 곡식 뜯어 먹었으니 곡식값 물어내!' 그럼 난 쥐구멍에라도 들어가 숨고 싶다. '이놈 새끼들, 내일은 죽었다' 그리고 다음 날엔 양을 치는 몽둥이(도리깨 나무로 만든 단단한 몽둥이)를 뒤에 숨기고 머리를 다른 곳 쳐다보는 듯하지만, 눈은 말썽꾸러기양(그런 놈들이 몇 마리 있다)을 쳐다보다가 곡식밭으로 뛰어드는 놈이 있으면 몽둥이를 힘껏 던지며 따라가며 때린다. '이놈 죽어라'

외치며 다리든 배든, 대가리든 닥치는 대로 때린다. 차라리 죽기를 바라는 마음으로…:

후일 목회를 하며 종종 속 썩이는 성도가 있으면 말썽꾸러기 양들이 생각나 저런 성도는 없었으면 좋겠다 생각했다. 하지만 목회에 어떻게 말 잘 듣는 성도들만 있겠나. 온갖 사람들이 모인 집단이기에 목회자를 힘들게 하는 이들도 있는 것이다. 그런데 어느날 잃어버린 양, 한 마리를 찾으시는 목자이신 예수님의 비유를 묵상하다가 엄청난 충격을 받았다. 수백 마리 양을 버려두고 그 말썽꾸러기 양을 찾아 나서시는 목자이신 하나님의 사랑을 깨닫게 된 것이다. 잃어버린 한 마리 양은 말썽꾸러기다. 다른 양들이 무리 지어 풀을 뜯는데 왜 그놈만 길을 잃고 헤매는가? 남들이 가지 않는 길로 주인 몰래 가다가 길을 잃고 낭떠러지에 떨어져 죽어가게 된 것이다. 차라리 그런 놈 한 마리는 죽는 게 낫고 잃어버리는 게 낫다.

그놈 한 마리 찾다가 99마리 양을 잃으면 얼마나 큰 손해인가. 산술적으로 봐도 손해고 벼랑에 떨어진 양을 찾아 20킬로가 넘는 무게를 목에 얹고 돌아오려면 체력적으로도 지친다. 위생적으로도 안 좋다. 양이라 누우면 똥들 위에 드러누워 털에 더덕더덕 들러붙어 더럽고 냄새나고 불결하다. 그런데 그런 놈을 어깨에 메고 돌아와 잃어버린 양을 찾았다고 동네 사람 불러 잔치를 열다니 양한 마리 값보다 잔치비용이 더 든다. 세상에 이런 미친 바보가 어 딨나. 그런데 그게 예수님이요 하나님 사랑이시란다. 바보 하나님, 바보 예수님…. 거기서 나는 고꾸라져 통곡하고 울었다. '오, 주님, 저는 삯꾼 목자입니다. 용서하소서.' 그리고 나는 바보가 되기를 다 짐했다. 말썽꾸러기 양들을 찾아 어깨에 메고 돌아와 잔치를 열기 로…. 그게 바보 목회의 시작이었다.

또한, 그런 할아버님 밑에서 나는 농부의 모습을 배웠다. 열심 히 씨를 뿌리고 가꾸며 추수를 기다리는 농부의 모습, 농사에는 행운이 없다. 뿌린 대로 거두고 노력한 만큼 거두는 것이다. 늘 할 아버님은 내게 말씀하셨다. '넌 절대 땀 안 흘리고 놀고먹으려는 불 한당은 되지 마라.' 그래서 나는 일하지 않고 거두려는 사람을 싫 어한다. 카지노, 노름, 경마, 경륜, 복권, 등 순간에 한 방 날려 행 운을 잡으려는 사람들이다. 그런 이들이 사는 세상은 건강하지 못 하다. 일 안 하고 돈 벌려는 사람들만 가득하다면 세상이 어찌 되 겠는가. 누군가 돈 빌려주면 이자 엄청 주겠다는 사람 있으면 절 대 빌려주지 마라. 정직하게 땀을 흘려 수고 해서 얻은 것만 내 것 이라 생각하라. 그것이 하나님이 허락하신 씨 뿌림의 원리다. 나는 농부의 땀 흘림의 정직함을 할아버님께 배웠다.

또 할아버님께 강직한 신앙의 모습을 배웠다. 할아버님의 철저

✓ 청년 시절 청주 중앙공원에서 할머님, 어머님, 동생들과

한 신앙은 주일성수와 새벽기도가 특징이었다. 주일이면 아무리 바쁜 일이 있어도 철저히 일을 쉬고 일꾼들과 식모도 놀린다. 그리고 교회에 나가 예배를 드려야 한다. 또 해만 지면 주무시고 새벽두 시에 일어나 두 시간 기도를 드리시고 교회에 나가 새벽기도를 드리신다. 추운 겨울 할아버님이 주무시는 작은 방에서 자면 새벽에 일어나 양털 방석을 깔고 앉아 큰소리로 방이 떠나가게 기도하셨다. 잠에서 깨어 보면 얇은 문풍지로 들어온 추위에 입김이 하얗게 쏟아져 켜놓은 촛불에 비쳤다. 할머님 방에서 잘 때는 이불을 쓰고 조용조용히 기도하셨다고 한다.

할아버지께서는 당시 하나밖에 없는 덕촌교회(기장측 교회로 집에서 가려면 산을 넘어 아주 멀리 10리 길을 가야 한다)에 다니시다가 옥산면사무소 소재지에 옥산교회(예장 통합측)를 개척하셨다. 초가집으로 시작한 그 교회가 지금은 크고 아름답게 지어져 300명 이상 성도들이 출석하는 교회가 되었다. 교회 연혁을 보면 교회 설립자가 이상백 장로로 되어있는데 이건 내게 큰 자랑과 기쁨이다. 그 교회서 자라 오늘의 내가 있게 되었고 많은 교역자들을 배출해 냈으니 얼마나 대견한 일인가. 죽기 전에 그 교회 출신 목회자들이 한번 모여 '홈 커밍데이'를 갖고 싶다.

너무 할아버님 이야기만 치중했다. 나의 할머님은 언제나 맏손자인 나를 사랑하고 내게 한마디도 꾸중하지 않는 천사이셨다. 주일이나 수요일, 어두운 밤이면 할머님 무릎에 누워 교회 마룻바닥에서 잠들었다가 깨어 집으로 돌아왔다. 거의 비몽사몽인 채 논둑길과 밭 사잇길을 걸으며, 5리 길 집으로 오는 길은 얼마나 무서운 길이었겠는가. 키보다 훌쩍 자란 곡식들 사이를 비집고 오는 길은 혼자 걷기엔 너무도 무서운 길이었다. 하지만 할머님과 걷는 길은 전혀 두려움이 없었다. 나를 목숨처럼 사랑하시는 할머님이 함께하셨기 때문이다. 나는 할머님이 거인이신 줄 알았다. 그런데 중학생이 된 어느 날, 할머님과 같이 가는데 나보다 키가 작은 분이심과 할머님이 천하장사가 아님을 깨닫게 되었다.

세상에 이렇게 작고 힘없는 노인을 내가 의지하고 다녔다니. 그것은 사랑으로 바라보는 눈길이었다. 할머님은 억척스러우셨고 힘든 일도 거뜬히 해내셨고 한 번도 힘들다는 내색을 안 하시고 농사일을 하시며 우리를 돌보셨기 때문이다. 내가 위험한 일을 당하면 목숨 걸고 나를 지켜주실 나의 주 나의 하나님의 모습을 나는 할머님에게서 보며 자랐다.

추운 겨울이면 내복을 가마솥 뚜껑 위에 얹어두셨다가 따뜻할 때 입고 학교 가라 하시고 운동화도 부뚜막에 올려 따뜻하게 해서 신게 하시고 이슬 내리는 아침이면 집에서 제방까지 이슬을 빗자루로 털어주시고 바짓자락에 물 묻지 않게 하신 분이시다. 어느 날 할머님은 학교 가면서 먹으라고 날달걀을 주셨는데 주머니에 넣고 잊은 채 기차간에서 터져 하복이 다 젖어 물에 빨며 왜 달걀을 줘서 이 고생시키나 원망했던 적도 있었다. 그러나 할머님의 그러한 모든 행동은 세상 누구보다 진한 손자를 향한 사랑이었다.

그런 할머님은 아버님 목회를 따라 제주도에 가셨다가 그곳에 묻히시고 할아버님은 울릉도에 묻히셔서 죽은 후 이산가족이 되셨다. 내가 군에서 휴가 나와 울릉두에서 귀대할 때 산에 시시던 할아버님이 어느새 포구까지 따라 내려와 손을 흔드셨다. 이제는 마지막이라는 영감을 느끼셨던 것 같다. 그리고 이것이 마지막 이별이 되었고 할머님은 서울 계시다가 아버님이 제주도로 데려가셔서 손자를 떠나시기 싫은 걸음을 떼셨는데 그것이 이별이 되어 제주도 갔을 때 무덤 찾아 벌초하며 그 받은 사랑에 한없이 눈물을 쏟았다.

그리운 나의 할아버님 이상백 장로님. 할머님 이초구 권사님, 정말 두 분의 은혜에 깊은 감사를 드립니다.

머잖아 천국에서 두 분을 만나겠죠?

✓ 할머님 제주도 묘지 사진

02

목회자 부모님 이야기

요한복음 12:24

한 알의 밀알이 땅에 떨어져 죽지 않으면 한 알인 채로
남는다. 그러나 죽으면 많은 열매를 맺는다.

아버님의 유일한 선물, 잃어버린 동생을 찾다

어린 시절과 청소년 시절 아버님은 나에게 원망과 불만의 대상
이었다. 목회자가 되어도 다른 목사님들은 가족들을 부양하며 함
께 살았는데 나의 아버님은 얼굴조차 거의 볼 수 없고 어쩌다 한
번 옥산에 다녀가거나 방학 때 두 번 온양 제2 교회와 대전 서부
교회에 잠시 다녀온 게 아버님과 함께한 추억의 전부이기 때문이
다. 천안과 경산, 제주는 시무했다는 말만 들었지 어떤 교회인지 전
혀 모른다. 목회 상황은 쉽지 않았다. 당시 교회들이 어려운 시절
이라 가족들이 많은 교역자는 생활비 부담으로 초빙도 하지 않으
려 했고 사례비도 겨우 쌀 몇 말, 아주 적은 급료였으니 자녀들을
부양할만한 형편도 못 되었을 것이다. 내가 아버님께 무언가를 받
은 것은 온양에 계실 때 운동화 한 켤레밖에 기억이 없다. 남들처

럼 학용품을 사 주신다거나 옷을 사주신 기억도 없다. 자녀의 부양을 오직 할아버님께 모두 맡겨 버린 아버님을 존경할 수 있었겠는가?

그런데 신기한 것은 아버님이 내게 사주신 그 운동화 한 켤레때문에 잃어버린 사랑하는 동생 정우를 찾게 된다. 그 동생이 지금은 수원 '같이 걷는 교회' 목사로 있으며 은퇴를 몇 년 앞두고 있다. 어느 날 청주 세광중학교 1학년 교실에 누군가 나를 찾는 이들이 있었다. 여자 경찰들이었는데 내 운동화를 신장에서 꺼내 들고 "이 운동화 주인이 누구냐?" 묻는 거다. 당시 경찰들은 공포의 대상이었다. 죄인들을 잡아다 문초하고 감옥에 처넣고 고문하고 때리는 무서운 존재로 여기고 경찰만 보면 피하고 도망가는 상황이었다. 아마 일본 통치시대 우리 조선인들을 괴롭히는 일본 경찰들에 대한 이미지가 남아있었나 보다. 영화를 보면 최고 악질들이 일본 경찰들이었으니까.

그래서 내가 혹시 무슨 죄를 지어 잡으러 왔나 하고 두려운 눈으로 그들을 쳐다보며 쭈뼛쭈뼛 일어나 "전데요" 했더니 그 뒤에 숨어있던 동생 정우를 내밀며 "얘가 네 동생이냐?" 묻는다. 세상에, 이게 웬일. 이제 7살 꼬마가(나와는 6살 차이로 당시 내 나이가 13살) 눈물이 그득한 얼굴로 나를 향해 "형님"하고 부른다. (어머님이 말을 배울 때부터 나를 형님이라 부르게 했다.) 그러면서 경찰이 준 사과를 한 개 내밀며 "이거 형님 먹어!" 한다. 알고 보니 이 애가 할아버지 할머니, 나랑 형제들이 너무 보고 싶어 무작정 기차를 타고 떠났단다. 청주에 오려면 온양에서 장항선을 타고 천안에서 내려 경부선을 갈아타고 조치원에서 내려 충북선을 갈아타고 청주에서 내려야 하는데 그 멀고 복잡한 길을 혼자서 온 것이다. 아마 몇 번 시골에 다녀갈 때 눈여겨봤던가 보다.

그래도 그렇지 글씨도 모르는 애가 용케 길을 잃지 않고 몇 번을 갈아타고 청주까지 왔지만 청주부터는 어떻게 가족을 찾아야 할지 몰라 울고 있다가 경찰에게 인계되어 "우리 형님이 세광중학교 다니는데 형님 운동화 보면 안다"해서 학교로 찾아온 것이다. 당시 내 운동화는 요즘 교내 실내화 비슷한 발등에 하얀 바탕에 가로로 파란색 줄이 쳐진, 좀 특이한 운동화였다. 참 영특하지. 청주까지 찾아오고 운동화를 보면 알 수 있다니. 거기다 경찰이 준 사과를 나 먹으라며 주다니… 너나 먹으라고 다시 주면서 감동으로 눈물이 쏟아졌다. 나중에 알고 보니 온양에선 난리가 났었다. 갑자기 없어진 아이 때문에 울고 불며 성도들을 동원해 근처 연못들을 뒤지고 골목골목 다 찾아다녔단다.

그런데 도저히 찾을 길이 없어 혹시나 하는 마음으로 어머님이 옥산으로 와보니 애가 양어장에서 수영하고 있더란다. 요즘 같으면 핸드폰으로 전화 한 통이면 되지만, 그때는 외딴 시골집에 전화가 없으니 얼마나 답답했겠는가. 죽은 줄 알았던 아들을 붙들고 얼마나 울고불고 난리가 났었는지….

그렇게 아버님이 단 한 번 사주신 운동화 한 켤레 덕에 잃었던 동생을 찾게 되었다. 어떻게 생애 유일하게 받은 운동화 한 켤레가 잃어버린 아이를 찾는 계기를 만들 수 있겠는가. 나는 이것이 결코 우연이 아닌 하나님께서 인도하신 은혜요 기적이라고 믿는다.

✓ 이정우 목사의 신학교 졸업사진

그렇게 어렵게 목회하신 아버님이 울릉도에 계실 때 갑자기 목회를 접고 할아버님을 찾아와 어떻게 설득했는지, 그 많은 땅을 다 팔아 울릉도로 가족들을 데리고 가 배를 사서 선박사업을 하셨다.

난 그때 군 생활 중이었는데 뜬금없이 울릉도로 이사를 가 휴가 때 다른 병사들보다 닷새를 더 받아(30일) 포항에서 청룡호와 동해호를 타고 두 번이나 9시간 걸려 뱃멀미로 고생고생하며 다녀왔다. 두 번째 휴가 때는 눈이 하얗게 쌓인 겨울밤에 천부동 간다는 어떤 아주머니를 만나 산길을 넘어가다 아슬아슬 바위 벼랑에 떨어져 죽을 뻔했었다. 지금 생각하면 워커 신고 어쩌자고 그런 짓을 했는지 아찔한 일이다. 살아있는 게 기적이다. 휴가가 끝나고 귀대할 때 산에서 따로 지내시던 할아버님이 어느새 마중 나오셔서 포구가 보이는 언덕에서 배 타고 떠나는 내게 손을 흔드시던 모습이 눈에 선하다. 그게 할아버님과의 마지막 이별이었다. 아마 직감적으로 이게 손자를 보는 마지막 길이구나 하는 영감이 있으셨나 보다. 그냥 청주에 계시지 어쩌자고 목숨과도 같은 그 많은 땅을 팔아 아들 따라 울릉도까지 가셨는지 생각하면 가슴이 먹먹하다.

그 산속에서도 앞으로 미꾸라지를 길러서 파는 시대가 온다면서 물길을 막아 작은 연못을 만들고 미꾸라지를 사다 양식을 하시던 할아버님은 항상 남보다 몇 발 앞서가신 분으로 후에 예견하신 대로 미꾸라지 양식시대가 열렸다.

안타깝긴 하지만 아마 그때 옥산 땅 안 팔고 그냥 계셨으면 내가 목사 안 됐을 것이다. 그 땅에서 소를 키우거나 영농사업을 하며 제법 떵떵거리며 살았을지도 모른다. 땅 판 것도 다 하나님의 은혜요 인도하심이었다. 옥산 땅은 내가 머물던 청주 희망원 장로님이 사서 일부는 그 아들이 지금도 탁아원으로 운영하고 있다.

아버님은 그렇게 사시다 배 사업도 망하고 서울에 오셨지만, 개척교회인 내 형편 때문에 작은 방에 모실 수가 없어 기도원과 요양원을 전전하시며 기도와 전도로 사시다 몇 해 전 안성 요양원에서 하늘나라로 가셨다. 내게 개포동 개척교회로 가라며 길을 인도해 주시고 요양원에 계시면서도 아버님은 남은 생애 할 일은 기도와 전도라면서 불편한 다리 때문에 전동차를 타시고 거의 매일 안성 시내로 나가 전도하시며 오직 성경 보시고 기도하시다 가셨다. 아버님의 중년, 노년보다 말년은 우리 자녀들에게 아름다운 빛으로 남았다.

어머님은 제대 후 내가 신학을 할 때 나와 함께 계시며 교사로 직장 나가는 아내를 대신해 살림도 하시고 아이들을 돌봐주시며 힘이 되어 주셨다. 깔끔하신 성격에 멋쟁이기도 하셨지만 늘 아들 생각에 여념이 없으시던 분이셨다. 말년에는 약간 치매기가 있으셔서 자꾸 밖으로 나가 집을 잘 못 찾고 남의 집 벨을 누르시거나 한밤중에 가까이 지내시던 권사님께 자주 전화를 해서 원망을 듣기도 하셨다. 그리고 잠들어 있는 내 방문을 신으로 두들기시며 기도

해달라 하시거나 방금 기도해주었어도 잊으시고 또 기도해달라며 예배 인도하러 나가야 하는 내 바지를 붙잡아 참 난감했다. 방금 식사를 드렸는데도 안 먹었다며 아내를 힘들게 하기도 했다. 하지만 좀 더 잘 해드렸어야 하는데, 왜 기도해달라면 열 번이고 백번이고 못 해드렸을까. 후회만 남는다. 내가 밖에 나가면 식사를 차려놓으시고 '이 목사 언제 와?' 전화하시고 먼저 드시라 해도 아들과 함께 드시겠다며 기다려주시던 그 모습 눈에 선해 혼자 울 때도 있다. 내가 심방 나간 사이 혼자 계시다 갑자기 세상을 떠나신 어머님, 그리운 어머님, 나의 어머님!

✓ 어머님 칠순 가족사진

03

군 생활 바보 이야기

괴테

눈물과 더불어 빵을 먹어보지 않은 자는 인생의 참다
운 맛을 모른다. 고통이 남기고 간 뒤를 보라! 고난이
지나면 반드시 기쁨이 스며든다.

바보 목사 이야기가 나왔으니 군 생활 이야기를 빼놓을 수 없
다. 나는 1969년 7월 4일 육군 논산 훈련소로 입소했다. 요즘은
훈련소가 여기저기 있지만, 당시는 훈련소가 없어 거의 논산으로
입소했다. 11976340 작대기 군번이다. 당시 나의 체중은 49킬로
로 1킬로만 모자라면 체중 미달로 병역이 면제되는 상황이었다.

월남파병으로 수많은 군인이 베트콩과 싸우다 죽어가는 상황
이어서 군대 가는 이들은 죽어 시체로 돌아올지 모른다는 불안으
로 초상집 분위기였다. 입대할 때 가족들이 마중 나오면 부둥켜안
고 울고불고 난리였다. 그래서 군대 안 가려고 방아쇠 당기는 손가
락을 도끼로 찍어 불구로 만드는 사람도 있었고 몸의 어느 부분을
손상시켜 면제를 받으려는 이들이 많은 상황이었다.

그런데 몇 끼만 굶으면 미달이라니 얼마나 기쁘고 감사한 일인가? 하지만 나는 결코 그런 방법으로 군 생활을 면제받을 수 없었다. 베트콩과 싸우다 죽으면 죽었지 어찌 신앙인이 속임수로 국가의 신성한 국방의무를 피할 수 있겠는가. 나는 당당히 군 생활에 도전했다. 이런 점도 약삭빠른 이들이 볼 때 얼마나 바보 같은 행동인가? 하지만 그 바보 같은 행동 덕분에 아내를 만나게 된다.

그렇게 입소한 훈련소 생활은 거의 전투수준이었다. 밤에 속옷을 빨아 널어놓으면 순식간에 누군가 걷어가 버린다. 그러면 매일 같이 검열하는 관물검사에 걸려 매를 맞고 변상을 해야 한다. 참 난감한 일어서서 어쩔 줄 모르고 있으니 동료 훈련병이 어디선가 순식간에 훔쳐서 가져다준다. '야, 여기 있어. 짜식아. 앞으론 조심해!' 사실은 내가 훔치지 않았어도 여전히 도둑질인데 나는 고맙다며 그냥 눈 감고 슬쩍 넘어갔다. 바보는 동료들도 보호하고 아껴준다.

훈련생활은 늘 마라톤 훈련으로 단련된 내게는 힘든 일이 아니었다. 선착순만 하면 난 언제나 1등이었으니까. 그런데 6주 기본훈련을 마치고 의정부에 있는 101 보충대에서 식사 당번병으로 차출되었다가 잘못해서 국을 푸는 중 부뚜막에 손이 미끄러지며 국솥에 손이 들어가 순식간에 화상을 입었다. 내일이면 26사단으로 전입되는데 나는 붕대로 손을 칭칭 감고 함께 고생한 전우들을 눈물로 떠나보냈다. 비록 짧은 기간이었지만 충청도 병력인 우리끼리 서로 위로하고 격려하며 함께 해온 동료들인데 떠나고 홀로 남는다는 건 얼마나 슬픈 일인가? 그렇게 나는 치료를 받고 다른 지역 훈련병들과 함께 전곡 지역 비무장지대 20사단 105밀리 포병부대에 배속되었다. 해가 넘어가고 어스름한 밤에 철책선 안 이북방송이 들리는 산속 부대에 배속되니 불안감이 엄습했다.

밤이 되니 북한의 대남방송이 들려왔다.

"친애하는 남조선 인민 병사 여러분, 돈 없고 빽이 없어 이곳 전선까지 끌려오시니 얼마나 슬프고 처량하십니까? 우리 김일성 수령님께서는 여러분들을 걱정하시며 밤잠을 못 이루고 계십니다. 그곳에 머무르지 말고 어서 속히 북조선으로 넘어오십시오. 우리는 여러분들을 열렬히 환영할 것입니다." 말도 안 되는 웃기는 거짓말이지만 얼마나 여성 아나운서가 애절한 목소리로 방송했는지 실제로 그 방송에 감격해서 북으로 넘어간 병사들도 있었다.

나는 인사과에 가지고 간 인사기록 카드를 넘겨주고 신상명세서를 작성했다. 그런데 내가 쓴 글씨를 본 인사과 고참들이 감탄하며 반색한다. "야, 이 자식 글씨 봐라. 너무 잘 쓴다. 이놈 우리 인사과로 들이자." 당시 나는 학교에 갈 수 없는 가난한 학생들을 가르치는 옥산 교회의 중학원 교사를 하다가 그만두고 지인의 인도로 청주 프린트 인쇄업 필경사로 일하다 입소했었다. 그 회사는 작은 인쇄 회사로 당시는 원지에 글을 써서 프린트해 책을 만들어 공공기관이나 학교에 납부하는 사업을 하고 있었다. 하루에 자기가 쓰는 원고지 매 수 만큼 수당을 받는데 나는 그 적은 월급으로 먹고 자며 일하다 입대했다. 그러니 그런 똑바로 쓴 정자 글씨를 보기 힘든 이들이 대환영 할만했다(후에 글씨는 신학교 다니며 빨리 강의를 받아쓰다 엉망이 되고 말았다).

✓ 옥산중학원 교사시절

인사과는 700 주특기인데 나는 13이라는 임시 주특기를 달고 배속되었다. 임시 주특기는 그 뒤에 어떤 직책을 받느냐에 따라 숫자가 달라진다. 포를 쏘는 포수는 130. 사격 지휘는 133. 나는 포수가 되거나 사격 지휘반에 들어가야 하는데 글씨 때문에 700 주특기로 변경되어 인사과로 특채되었다. 이런 과정들이 장차 벌어지는 운명의 기로가 되었다. 나는 알파, 브라보, 챠리 세 개 부대와 본부 포대 들 중 챠리 포대로 임시 배속되었다. 당시 제대를 곧 앞둔 최고참 병력계 후임으로 발탁되어 비공식으로 파견가게 된 것이다. 당시는 필요에 의해 일은 본부에서 하지만 소속은 타 부대에 두어 집합이나 불침번, 훈련 등 모든 일에서 면제를 받는 묵인된 특수병들이 존재하고 있었는데 내가 부대 안에서 그런 유일한 특수 병사였다.

그런데 며칠 뒤 나는 본부포대 인사과 병력계로 급속히 발령을 받는다. 제대를 앞두고 사단으로 가던 선임 김 병장이 급식차를 타고 가다가 대전차 지뢰 폭발로 공중으로 날아가 다리가 절단되어 후송된 것이다.

당시는 병사들에게 지급되는 부식들과 쌀들을 빼돌려 부대장이나 선임하사 등에게 가는 일이 허다했다. 이 급식차도 그렇게 정식 도로로 가지 않고 검문소를 피해 개울로 가다가 장마에 떠내려온 대전차 지뢰를 건드려 사고를 당한 것이다.

예정보다 빠르게 차출 받아 선임병의 지도도 없이 병력계를 맡게 된 나는 날마다 부대의 병력 이동상황을 육본에 보고하는 임무를 위해 20사단 본부로 가서 일주일 동안 사단 병력계의 특별지도를 받으며 일보를 작성하게 된다. 이 일보 작성은 육본으로 직송되어 그날그날의 부대 이동상황과 휴가, 출장들이 체크되어 병력

✓ 밤에 혼자 남아 일보를 쓰는 사진

공급과 식량 보급이 이루어지는 너무도 중요한 직책이다. 만약 조금이라도 틀리면 인사과 과장이 시말서를 쓰고 문책을 당하게 된다. 그래서 가장 늦게까지 남아 부대의 병력 상황을 체크해서 보고하기에 훈련, 불침번, 집합들을 면제시키는 비공식 파견병으로 근무하게 되는 것이다. 군대서 집합, 보초, 훈련이 면제되는 특수병이란 최고의 직책이다. 나는 얼떨결에 선임병의 사고로 특과병이 되는 행운을 누리게 된 것이다. 그리고 거기서 근무하는 동안 사랑하는 나의 아내와 인연이 되어 평생을 함께하게 된 것이다. 이런 과정들은 과연 우연일까?

사단에서 배우는 일주일 훈련 기간을 마치고 오니 부관이 나를 하늘처럼 받들어 주었다. 내가 배우는 동안 보고에 오차가 생겨 몇 번이나 불려가 시말서를 쓰고 대대장께 혼이 났기 때문이다. 얼마 후 내가 너무 신경 쓰고 과로했는지 갑자기 배가 아파 의무실에 가니 맹장염이라며 빨리 의무부대로 후송하고 수술을 받아야 한단다. 그렇게 되면 이제 시작한 병력계 일은 어찌 되며 부관은 얼마나 또 시달림을 받게 될 것인가? 나는 생각할 것도 없이 염증을 가라앉히는 주사를 맞고 그대로 병력계 일을 맡아 일했다. 부관이 너무 기뻐하며 나를 더 사랑해주었고 이 일로 나는 부대 안에서 의리의 사나이로 소문이 나게 된다.

수송부 선임하사가 여러 사람 앞에서 농담으로 건넨 말은 "야, 형우 애는 병력계 일한다고 맹장 수술도 안 받고 가라앉혔대. 이런 놈이 어디 있냐. 참 첨 보는 희한한 놈이야." 그분은 배 중사로 아주 엄한 군인이었는데 나에게는 천사였다.

그다음부터는 우리 69포병 부대 전체에 소문이나 내가 뭔가 부탁하면 일사천리로 해결되었다. 제대 후에 결국 맹장이 재발하여 성모병원에 후송되어 수술을 받게 된다. 군에서 받았으면 공짜인데, 역시 난 바보지.

내가 사단 병력계 공부를 마치고 인사과에 본격 배속되었을 때 저녁에 선임하사인 김 상사님 지시로 환영회를 열어주었다. 환영회란 술 파티를 말한다. 선임하사가 술 한 잔을 가득 따라 내게 주었다.

"이 이병 한잔해."

"저는 예수를 믿어서 술은 안 하는데요."

"이 새끼야 군대서 하라는데 안 하는 게 어딨어. 빨리 잔 받아."

"전 한 번도 술을 입에 대 본 적이 없어요. 못해요."

"야 이 새끼 그래도 못 알아듣네. 군대서 상사가 까라면 까는 거야."

"전 술 절대 안 합니다. 나를 때려서 기절시켜 놓고 입에 들이부으세요. 그럼 어쩔 수 없이 들어가겠죠."

고참들이 걱정스러운 눈으로 나를 보며 '야, 주시는 건데 조금만 해' 했지만 나의 고집에 결국 상사가 두 손 들고 말았다. 그날 내가 회식 분위기를 망친 거다.

술이 떨어지자 상사가 내게 피엑스에 가서 술을 받아오라며 주전자를 준다. 그래서 들고 가서 술을 달랬더니 담당 병사가 말했다.

"이 새끼 너 인사과에 새로 온 놈이구나. 그 자리에 대가리 박고 엎드려뻗쳐!"

나는 이유도 없이 엎드려 원산폭격을 당했다. 한참을 그러고 있다가 "이 새끼 앞으로 잘해. 인사과라고 건방지게 굴면 죽어!" 하며 술 주전자를 내준다. 이런 기막힌 세상이 있나. 술을 받아다 주고 말없이 앉아 있으니 선임하사가 눈치를 채고 묻는다.

"야, 너 피엑스에서 무슨 일 있었지. 바른대로 말해!"

"아무 일도 아닙니다."

"이 새끼야 내가 눈치가 백 단이야. 따라와!"

피엑스로 간 선임하사는 다짜고짜 고참을 끌어내더니 따귀를 올려붙인다.

"야, 이 새끼야. 너 애한테 어떻게 했어."

고참이 내 눈치를 보지만 난 아무 일도 없다는 듯이 무표정이다. 선임하사가 '일어나! 엎드려!'를 수없이 반복하더니 구둣발로 무릎 쪼인트를 까고 주먹으로 사정없이 때리며 말했다.

"야, 이 새끼야! 군대서 인사과 이등병이면 대위랑 맘먹어. 군대는 직책 계급 군번 성명이야. 이 새끼야. 어딜 감히 건드려!"

그날 고참은 죽도록 얻어맞았다. 그 후론 나만 나타나면 굽실거린다. 군대서 인사과가 얼마나 대단한가를 그날 나는 실감하고 당당하게 목에 힘을 줄 수 있었다.

군대는 졸병이 고참들 식사를 받아놓고 대기해야 한다. 게다가 나는 집합도 안 하는 졸병 아닌가. 나는 둥그런 알루미늄 식기를 숫자대로 갖고 가서 고참들 오면 바로 식사하도록 밥과 국 반찬을 타서 식탁에 늘어놓았다. 그리고는 시간 여유도 있어 식사 기도를 제법 오래 드렸나 보다. 마치고 눈을 떠보니 아뿔싸. 숟가락이 하나도 없이 사라졌다. 이제 곧 식사하러 고참들 오면 난리 날 텐데…. 내가 참담한 표정으로 앉아 있으니 수송부 고참이 웃으며 숟갈을 내주며 말한다.

"야, 형우야. 자식아, 군대 기도는 그렇게 하는 게 아니야. 앞으

✓ 식기 들고 밥 타러 가는 모습

로 식사할 때는 숟갈 붙잡고 기도해!"

'숟갈 잡고 기도해!' 그 말은 부대 안에서 바보를 향한 또 다른 유행어가 되었다. 고참들이 나를 보면 놀리며 실실 웃는다. 그러면서도 '저놈은 예수쟁이야'라는 생각이 부대원들에게 각인되었다.

어느 날 부관인 김학태 대위가 대대장에게 뭔가 실수를 했는지 야단맞고 들어와 화가 나서 고개를 푹 숙이고 한숨을 쉰다. 그때 벨이 울리더니 대대장의 전화가 왔다.

"야, 부관 바꿔!"

"부관님 대대장님 전화입니다. 받으십시오."

군대 전화는 수화기에 버튼이 있어 누르면 통화가 들리고 안 누르면 꺼진다.

"이 새끼야 없다 그래!"

바꿔주겠다 방금 했는데 말이 되는가? 그럼 내 처지 어찌 되라고.

"부관님, 받으세요. 방금 계신다고 바꿔 드린다 했는데 어떻게 없다 해요. 받으세요."

"김 대윕니다!"

결국, 전화를 받고 부관은 내게 불같이 화를 냈다.

"이 새끼야 군대서 요령이 있어야지. 나 화난 거 안 보여. 없다고 적당히 둘러대야지. 에이 바보 새끼!"

그렇게 요령 없는 바보를 김학태 대위는 아끼고 사랑해주셨다. 영외로 데리고 나가 부인과 함께 식사를 나누며 군 생활 처음으로 따뜻한 사랑을 보여주셨다. 후에 수원에서 제대했다 들었는데 지금은 어디서 뭘 하고 있는지 그때의 이 바보를 기억은 하고 있는지 꼭 한번 뵙고 싶다.

부관님 잘 계시죠?

나는 어려서부터 좋은 목소리를 타고나서 학교에서 학예회나 졸업식에서 노래 부르기로 뽑혔다. 지금도 그때 불렀던 「메밀꽃의 잠자리」라는 노래를 선배였던 방영자 사모님이 기억하고 그때 감명 깊었다며 말한다. 그 가사 내용은 아래와 같다.

　　나는 군대 갈 때 건전가요들을 노트에 적어 가서 밤마다 인사
과 행정반에 혼자 남아 일보를 쓰며 부르곤 했다. 친구와 불렀던
노래로 「바닷가에서」, 「사랑이 메아리칠 때」, 「삼팔선의 봄」, 「전선
야곡」 등 지금은 부르질 않아 다 잊었지만 가요와 명곡, 찬송가 등
을 한 시간 이상 매일 불렀는데 인사과 행정반과 대대 의무실이 붙
어있어 입실한 환자들이 내가 부르는 노래들을 듣고 너무 좋아했
단다. 어느 날 의무실 책임자인 울릉도 출신 선배 노상배 병장이
내게 찾아와 '이 병장, 매일 밤 노래 불러줘서 고마워요. 환자들이
너무 좋다면서 고향 생각도 나고 눈물 난대요'라고 했다. 이런 소문
이 본부 포대장 귀에 들어갔는지 어느 날 나를 부르더니 1주에 한
번씩 저녁에 내무반에서 건전가요들을 가르쳐 달란다. 군인들의
정서 함양에 좋다면서…. 그래서 저녁 시간에 부대원들을 모아놓
고 가르쳤다. 가르치는 건 주일학교 아이들 노래를 가르쳐서 이력
이 있다. 조영남의 「이일병과 이쁜이」 트윈 플리오의 「하얀 손수건」
부대원들은 너무들 그 시간을 기다리며 좋아들 했다.

이일병과 이쁜이 - 조영남

나 하나 몸 간수도 못 하던 내가 총 메고 싸움터에 나섰습니다.
부모님 말씀도 안 듣던 내가 조국의 부름에 따랐습니다.
훈련소서 더벅머리 싹둑 잘릴 땐 서러움의 눈물을 흘렸지마는
예이 예이 예이 지금은 산뜻한 군복을 입고 호미 대신 총을 멘 멋쟁이라오.

물지게도 제대로 못 지던 내가 거칠은 훈련도 받아넘기고
뛰었다 하면 구보 길 이십여 리에 감기 한 번 안 걸린 사나이 됐다오.
달이 밝은 야영 때는 편지를 쓰죠. 어머님 그동안 안녕하신지.
예이 예이 예이 당신 곁 떠나올 때 울던 바보가 지금은 나라의 기둥이지요.

고향을 떠나서 멀리 와 보니 무엇보다 그리운 건 이쁜입니다.
떠나올 때 날 붙들고 울던 이쁜이 행여나 긴 세월 기다려줄까.
날 버리고 다른 데로 시집간다면 이보다 더한 슬픔 없을 겁니다.
예이 예이 예이 조국에 충성하고 돌아가는 날 누구보다 이쁜이가 반겨주겠지.

하얀 손수건/트윈 폴리오(송창식 윤형주)

헤어지자 보내온 그녀의 편지 속에 곱게 접어 함께 부친 하얀 손수건
고향을 떠나올 때 언덕에 홀로 서서 눈물로 흔들어 주던 하얀 손수건
그때의 눈물 자위 사라져 버리고 흐르는 내 눈물이 그 위를 적시네!.

헤어지자 보내온 그녀의 편지 속에 곱게 접어 함께 부친 하얀 손수건
고향을 떠나올 때 언덕에 홀로 서서 눈물로 흔들어 주던 하얀 손수건
그때의 눈물 자위 사라져 버리고 흐르는 내 눈물이 그 위를 적시네.

✓ 병장 사진과 전우 신문(모범 사병 표창)

　이런 일들로 나는 포대장 상신으로 20사단 올빼미 부대 표창까지 받게 된다. 무슨 상이었는지 상품은 기억에 없지만, 당시 사단 올빼미 신문에 난 사진과 글을 아직도 간직 중이다. 그렇게 지내다가 제대 특명을 받은 뒤 제대 얼마 앞두고 포대 뒷산에 올라가 부대를 지키는 기관총(두 명이 한 조가 됨) 초병이 되었다.

　이 직책은 이름뿐 실은 노는 직책이다. 진지에서 하루하루를 보내고 있을 때 우리 인사과 졸병이 사단 브로크 찍는 작업병으로 차출을 받게 된다. 졸병이 가면 죽도록 고생하니 울상이다. 그래서 내가 가겠다고 자원을 했더니 모두 놀라는 표정이다. 이제 며칠 후면 제대할 특명 받은 왕 고참이 졸병을 대신해 작업병으로 가나…. 그 또한 바보냐 하는 일. '세상에 이런 일이'에 나올 일이다.

나는 한탄강 강변에 있는 브로크 작업장으로 갔다. 그런데 가보니 그곳 작업책임자 왕 고참이 나랑 훈련소 동기생이었다. 얼마나 반가워하는지 붙잡고 울려 한다. 그는 공병대로 갔었는데 제대 특명받고 마지막 사명으로 거기 왔단다. 세상에 이게 웬일…. 나는 거기 머무는 동안 그가 마련한 최고 특식으로 대접을 받으며 말년의 행복을 누렸다. 남을 위해 희생하고 헌신하는 자, 하나님이 다 아시고 갚아주신다. 그때 내가 대신 작업을 해준 졸병은 후에 군종병으로 사역하다 제대 후 나를 찾아와 남서울 제일교회를 함께 섬기다 교회학교 여교사와 결혼하고 내 뒤를 이어 신학교 가서 목사가 되어 경기도 광주에서 목회하다 아우에게 교회를 물려주고 은퇴했다. 그가 군 생활에서 나의 모습 중 가장 인상에 남는 일은 밤마다 자기 전에 무릎 꿇고 매일 기도하는 모습이었단다. 바보 같은 나의 모습이 영향을 끼쳐 또 다른 바보 목사를 배출한 것이다. 그 이름은 지난천 목사…. 요즘 자주 못 보지만 언제나 그리운 사랑하는 이름이다.

✓ 브로크 작업장

✓ 지난천 목사(왼쪽 두 번째)

04

아내와의 러브스토리

스탕달

사랑에는 한 가지 법칙밖에 없다. 그것은 사랑하는 사람을 행복하게 만드는 것이다.

카렌 선드

사랑하는 것은 천국을 살짝 엿보는 것이다.

아내는 나의 가슴 뛰는 첫사랑이다. 할아버님은 나를 일찍부터 엄하게 교훈하셨다. '여자는 요물들이니 절대 가까이하지 마라!' 옛날 어른들이 늘 강조하신 '남녀칠세부동석'은 완고한 신앙과 함께 더 강하게 나를 통제했다. 자칫 타락한다고 영화도 못 보게 하셨으니까. 그래서 나는 마음만 있었지 여자를 가까이하거나 사귈 수가 없었다. 누군가 내게 쪽지를 건네는 여자애들도 있었는데 쪽지를 펴보지도 않았고 그런 다음엔 무참하리만큼 그 애를 무시하고 말도 걸지 않았다. 뭐라 썼는지 한번 보기라도 할 걸… 그것이 할아버님의 가르침에 대한 당연한 도리요 신앙인이 걸어야 할 길이라 여겼기 때문이다. 그렇게 전혀 연애 경험도 없이 순수 그 자체로 나는 군에 입대했다. 그런 점도 바보에 속하는 일면이다. 아무리 할아버님이 그런다고 24시간 감시하는 것도 아닌데 은근슬쩍 연애할 수도 있었을 텐데….

그렇게 전곡 대광리 비무장 지대 안에서 복무하고 있을 때 때마침 하나님이 주신 은총의 기회가 왔다. 당시 주일이면 나 혼자 비상도로를 넘어 대광리 민간교회에 나가 예배를 드렸다. 집합도 보초도 근무도 없는 나로서는 아무도 통제하지 않았기에 자유롭게 행동할 수 있었던 것이다. 그런데 산에서 내려다보는 부대는 너무도 안타까운 모습이었다. 저 부대 안 수백 명 동료 중에는 입대 전에 교회 다니던 사람들이 많았을 텐데 나 혼자 이렇게 특혜를 누리는 건 과연 옳은 일일까…. 언제까지 이렇게 지낸단 말인가…. 나는 산을 넘다 말고 통곡을 하며 울었다.

"하나님 이렇게 혼자 교회 다니기 싫어요. 부대 안에서 교회 다니던 동료들과 예배드릴 수 있게 해주세요."

하나님은 내 기도에 즉시 응답을 주셨다. 강원도에서 교사 하던 인사과 고참 한문석 병장이 내게 쫓아와서

"야. 형우야. 너 좋아할 놈 하나 왔다."

"그게 누군데요."

"이리 와봐."

행정반으로 데리고 간 한 병장이 인사기록카드를 내미는데 읽

어보니 학력 기록란에 '군산 성경고등학교'라 쓰여있다. 당시 시골에선 성경고등학교라는 이름으로 학생들을 모집해서 성경을 가르치고 졸업하면 전도사로 교회를 섬기며 신학교에 다닐 기회를 줬는데 거기 출신이 우리 부대로 입대한 것이다. 그 이름이 조양동, 이름도 특이하다. 나는 즉시 조 이병을 불러 인사를 했고 우린 형제처럼 친구처럼 가까워졌다. 그가 졸병이지만 나이가 나보다 위이기에 존댓말을 썼다.

"반갑습니다. 우리 부대 안에서 교인들을 모아 예배를 드립시다."

그리고 그 주일부터 본부와 3개 포대 당직 하사관께 전화를 했다. 이번 주부터 본부 식당에서 예배를 드릴 테니 입대 전에 교회 나가던 사람 있으면 꼭 좀 보내달라고. 그건 내가 인사과이고 각 부대 지휘관들이 나를 인정했기 때문에 가능한 일이었다. 부대 안에서 주일이면 사역병들을 뽑아 나무를 하는 화목작업을 하거나 부대 내 청소나 풀 뽑기 잡업을 해야 하는데 예수쟁이들을 열외 시키는 게 가당키나 한 일인가. 그런데 다들 협조적이어서 첫 모임에 15명이 모였다. 겨울철 추운 식당에서 모인 예배는 감격과 눈물의 예배였다. 그렇게 우리는 예배를 지속했고 점점 숫자가 늘어나 나중에 내가 제대한 후에는 기독교인 대대장을 만나 교회를 세워 조양동 병장이 본격적인 군종 활동을 하게 되었다.

조양동은 군수과 주특기로 540이었는데 내가 인사과에 군종

사병 자리가 하나 있어 육본에 상신해 760으로 주특기를 바꿔 인사과로 끌어들였다. 이를 보면 당시 인사과가 얼마나 끗발이 있었나를 알 수 있다. 휴가나 출장을 나가도 인사과에서 휴가증과 출장증을 끊어줘야 가능했으니까. 당시 인사과 고참들은 의도적으로 부대장에게 신고를 훈련시킨다는 명목으로 수없이 반복 훈련을 시키고 얼차려를 했다. 그래서 인사과에 오면 주눅들이 든다. 그런데 내가 전혀 얼차려도 없이 친절하고 상냥하게 맞아주니 인기가 얼마나 있었겠는가. 모든 하사관들과 초급 장교들은 부대원들에 대해 부탁할 일 있으면 나를 통해 했으니 내가 말하면 두말없이 들어준 것이다. 이 모두가 하나님의 은혜였고 바보처럼 착했기에 가능한 일이었다.

조양동은 군수과에 소속되어 처음에 고참에게 엄청 수난을 당했다. 경주 출신 최 병장이 예수쟁이라고 아무 이유도 없이 구타하는데 어느 날은 야전 곡괭이 자루로 얼마나 때렸는지 엉덩이가 터져 팬티가 붙어 떨어지지 않아 가위로 잘라내야 했다. 이를 안 나는 너무도 화가 나 식당에 간 최 병장을 불러냈다. 그리고는 "야. 이 새끼야. 너 한번 맞아볼래. 네가 인간이냐. 예수 믿는다고 그렇게 때려 팬티를 잘라내게 해. 이리 나와 이 새끼. 넌 오늘 죽었어." 최 병장은 나보다 한참 위 고참으로 인사과 고참 한문석과 동기다.

✓ 식당에서 모인 예배 사진(오른쪽 첫 번째 모임, 왼쪽 세 번째 모임)

고참에게 대드는 건 하극상이지만 나도 일찍 병장 달아 꿀릴 게 없다. 거기에 난 인사과니까. 그가 해선 안 될 맞을 짓을 했으니까. 나는 학창시절 복싱을 몇 년 했었고 운동도 남에게 뒤지지 않으니 붙어도 질 리가 없다. 최 병장은 서슬 퍼런 나의 모습을 보고 고참 한문석을 불러 졸병을 어떻게 다스리는 거냐 따진다.

"한 병장님 나서지 마십시오. 내가 화내는 거 봤습니까? 이번엔 참을 수가 없습니다. 저놈 오늘 작살 낼 겁니다."

내가 하도 기세등등하니 한 병장이 사정한다.

"형우야, 네 맘 알겠는데 내 체면 봐서 한 번만 봐줘라. 내가 다시는 그런 일 없게 잘 타이를게."

결국, 그날의 싸움은 무산되고 다음부터 최 병장은 내 앞에 파리처럼 싹싹 빌었다. 그가 사단에 나가려면 출장증을 내게 끊어야 하고 급식수령이나 병기수령은 반드시 병력계의 협조를 얻어야 했

✓ 조양동과의 군 생활 사진 (포병훈련)

기 때문이다.

그 일로 조양동은 군종 주특기로 바꿔 옮겼고 인사과에서 마음껏 신앙 활동하며 더는 괴롭힘을 당하지 않았다. 경주 출신 최 병장, 그는 곱슬머리에 옥니박이에 최 씨로 악질 중에 상 악질이었는데 바보를 만나 체면을 건질 수가 있었다. 바보도 성나면 무섭다.

그러던 조양동이 갑자기 장가를 간다고 휴가를 내서 다녀오더니 내게 사진을 한 장 내민다. 군산 서포교회 동생이라면서 군산교대 1학년이라고. 내가 잘 얘기해 놨으니 편지를 보내보라고… 앳되고 순진해 보이는 카메라 사진 한 장. 그것이 우리 첫사랑의 시작이었다. 세상에, 마음만 있었지 여자 손목도 한번 안 잡아 본 내게 이 여인은 얼마나 가슴 떨리게 하는 천사인가. 나는 첫 편지를 '채

선생님께' 아내는 '국군 아저씨께'로 열었다. 그리고 무려 6년의 펜
팔…. 처음엔 주로 신앙 얘기, 부대 안의 얘기, 살아가는 일들에 관
한 얘기로 몇 장씩 지면을 메웠다. 그리고 그 소중한 편지들은 읽
고 또 읽고 주머니에서 닳을 정도로 나의 소중한 보물이 되었다.
그런데 몇 해 전 아내가 창피하게 그런 걸 보관하고 갖고 다니냐며
내게 한마디 말도 없이 이사 오며 없애버려 너무도 아쉽다.

6년간 거의 매일 쓴 나의 분신인데…. 언젠가 책을 낼 기회가
있으면 주고받은 편지들을 인용하려 했는데 아내도 나도 정말 책
을 낼 줄은 생각도 못 했다. 아내도 그럴 줄 알았으면 안 없애는 건
데…. 한다. 후회한들 무슨 소용인가. 이미 사라진 연기인걸…. 아
내나 나나 처음 사랑이기에 우린 거의 매일 편지로 불타올랐고 그
렇게 우린 1976년 5월 5일 사랑의 열매를 맺게 되었다.

생각하면 이 모두가 하나님의 섭리요 은혜였다. 만일 내가 101
보충대에서 국솥에 손을 삶아 26사단에서 20사단으로 전출되지
않았으면 우리의 만남 지체가 이루어질 수 없었다. 또 20사단에서
갑작스러운 고참의 사고로 후송되지 않았으면 상황이 어찌 바뀌었
을지 모른다. 인사과 병력계를 맡은 것도, 조양동을 만난 것도 모
두가 하나님의 은혜다. 그래서 일이 잘 안 풀리고 힘든 고난이 와
도 거기에 하나님의 섭리가 있음을 믿어야 한다. 전혀 예정에 없던

첫사랑이 이렇게 이루어진 것이다. 청주 사람과 군산 사람이 기적처럼 부부로….

그래서 나는 노사연의 「만남」 가사를 성경적이라 느낀다.

우리 만남은 우연이 아니야. 그것은 우리의 바램이었어.
잊기엔 너무한 나의 운명이었기에 바랄 수는 없지만 영원을 태우리.
돌아보지 말아. 후회하지 말아. 아 바보같은 눈물 보이지 말아.

사랑해 사랑해 너를 너를 사랑해.
돌아보지 말아. 후회하지 말아. 아 바보같은 눈물 보이지 말아.
사랑해 사랑해 너를 너를 사랑해. 사랑해 사랑해 너를 너를 사랑해.

✓ 조양동, 아내와 찍은 첫 사진　　✓ 결혼사진

05

믿음의 계보를 이어가는 자녀들

존 메이슨
성공이라는 못을 박으려면 끈질김이라는 망치가 필요
하다.

내게는 피를 나눈 5남매가 있다.
내가 맏이고 그 아래가 4살 아래 이
혜숙 사모, 그 아래 이정우 목사, 이
정숙 전도사, 이명숙 권사이다. 우리
5남매 가족은 3대, 온 가족이 변함
없이 하나님을 믿고 섬긴다. 목회자
가정들도 온 가족이 믿음 안에 하나
되지 못한 가족들이 많지만, 우리 5
남매 가족은 모두가 교회 중직인 목

✓ 5남매

사 장로 권사들이다. 어려서부터 조부모님께 철저히 신앙훈련이 되
었기 때문이다.

감사하게도 나의 두 아들 중 하나는 목사가 되어 뉴질랜드 선

교사로 나가고, 하나는 내가 섬기던 안수집사로 한울교회를 섬기며 믿음의 계보를 이어가고 있다.

개척교회 시절, 아이들은 제대로 보살핌을 받지 못해 방치된 채로 자랐다. 나는 목회한다고 바쁘고 아내는 교사로 나가니 바빠 학교에 다녀와서는 피곤해서 아이들을 돌볼 겨를 없이 쓰러졌다. 몸무게 43킬로로 피골이 상접하니 체력이 뒷받침되지 않았다. 시모님 모시랴 개척교회 하랴 성도가 없으니 새벽기도 참석하랴 살림하랴 출근하랴 감당이 되지 않아 아이들이 공부하는지 안 하는지 숙제는 하는지 안 하는지 살피지 못하니 아이들은 학교 갔다 와서 자유로운 영혼들이 되었다.

형과 동생이 연년생으로 학년은 2년 차이지만 체격이 작은 형과 동생이 함께 어울려 매일 같이 레슬링하고 놀았다. 큰아이가 그렇게 중학교에 들어가고 둘째가 5학년이 되었을 때 둘째 학교에서 부모님 호출이 있어 아내가 학교에 갔더니 선생님이 아이 성적이 너무 나빠 반 성적이 떨어지니 옆에 다른 학교로 옮기라 한다면서 울상이다. 반에서 꼴찌를 한다는 것이다. 교회 어느 집사가 '초등학교 아이들은 공부 안 시켜도 된다. 중학교 가서 해도 된다'해서 그 말 믿고 방치했더니 엉망이 된 것이다.

한숨 쉬는 아내 대신 내가 나서 특단의 대책을 세워야 했다. 나는 우선 아파트 앞 작은 상가 공부방에 둘째를 보냈다. 그곳에선 저렴하게 산수 그룹지도를 하고 있었다. 그리고 동아전과 표준전과와 수련장 두 권, 동아 표준 학습, 이달 학습, 다달 학습, 산수 완성 등 열권 정도를 사서 우선 전과를 매일 학교 수업보다 한 단원을 앞서 잡아주고 연필로 줄을 치며 읽게 했다. 그다음은 전과에서 읽은 내용을 토대로 수련장을 풀게 하고 이달 학습과 다달 학습, 산수 완성을 맨 나중에 풀게 했다. 중학생인 형은 당시 교육전도사였던 이준문 전도사께 부탁해서 일주에 한 번 학습지도를 부탁하고 역시 매일 참고서를 읽고 문제를 풀게 했다. 이 자리를 빌려 이준문 전도사, 지금은 이 목사께 감사를 드린다.

공부 안 하고 놀던 아이들이 갑자기 날 벼락이 떨어져 12시까지 나와 전쟁을 치렀다. 그렇게 한 달이 지났을 때 둘째 시온이 학교에 다녀오더니 '아버지, 나 오늘 학교에서 산수 쪽지 시험을 쳤는데 100점 맞았어요. 내가 반에서 1등 했어요!'라고 한다. 아들은 도저히 믿기지 않는 표정이다. 반에서 꼴찌 하던 애가 학교 전학한다고 성적이 갑자기 오르겠나. 그래서 내가 용기를 줬다.

"그래. 수고했다. 넌 원래 공부를 안 해서 그렇지 머리가 좋아. 하면 얼마든지 1등 할 수 있어."

아들은 그 일이 고무되어 나도 할 수 있다는 자신감으로 공부해서 상위 성적으로 중학교에 들어가 학급 간부가 되고 고등학교 진학시험에서 200점 만점에 198점을 받았다. 이건 나중에 대학 진학을 위한 학부모 상담에서 알게 되었다. 진작 알았으면 좀 더 열심히 독려할 것을! 시온은 고등학교 진학 후 교회로 찾아오는 친구들과 어울려 밤늦게까지 농구대에 매달리며 신나게 놀았다. 당시 아파트 단지로 이사한 교회 안에 작은 5평 정도 공간을 만들어 아이들과 어머님이 안방을, 나와 아내가 겨우 누울 공간을 만들어 살았던지라 밤마다 교회에 나온 친구들이 불러내 나가서 놀았다.

나는 시온이는 이제 고등학생이니 이제는 스스로 하도록 내버려 두고 본인이 원할 때만 필요하면 당시 단과반인 한국학원에서 영어나 수학만 가끔 듣게 했다. 당시는 그 학원이 가장 학원비가 저렴했다. 그런데 고 2 올라갔을 때 학교에서 진학 상담을 하러 학부모를 오라 해서 갔더니 담임이 이 애가 입학할 때 성적이 이렇게 뛰어나서 우리 선생들이 서울대 갈 애가 들어왔다고 좋아했는데 어째서 성적이 반에서도 중간으로 떨어졌냐 해서 이제는 스스로 알아서 하게 하고 가끔 제가 필요하다 하면 한국학원 단과반만 보내고 있다 하니 선생이 한심하다는 듯이 나를 보며 지금 이 애 같은 성적의 애들은 서울대 보내려고 학원을 두 개 세 개 보내고 주말 반에 따로 과외 수업을 시키는데 부모가 어찌 그리 방치하느냐 책망한다. 에고, 진작에 성적을 좀 알려주지. 그러면 공부에 신경을 좀 썼을 텐데…. 집에 돌아온 아들에게 선생님과의 면담결과를 말하고 '이제는 그만 놀고 공부 좀 해야 하지 않겠니?' 하니 이제부터는 덜 놀고 공부 열심히 하겠단다. 그리고 1년 동안 열심히 해서 시험 치른 대학에 모두 합격했는데 그중 본인이 원하는 한양대 영문과에 들어갔다. 그만큼 한 것도 기적이요 은혜다. 너무너무 감사하다.

큰아들 현민은 뒤늦게 전도사님을 통해 지도했지만, 이미 늦어서 고민 끝에 대학 진학을 포기하고 수도공고에 보내 일찍 직장생활을 시키려 했다. 억지로 안 되는 공부를 시키려다 본인도 나도 서로 힘들게 되어 스트레스받지 않기를 원했기 때문이다. 인생의 행복이 성적순도 아니고 꼭 대학 가야만 하는 것도 아닌데 서로 갈등할 필요가 있겠는가. 그냥 마음껏 신앙생활이나 하며 즐겁게 살게 하자. 그것이 나와 아들을 위한 길이다. 그래서 아들 현민은 고등부 회장이 되어 아무 부담 없이 기타 치며 학생들을 영적으로 이끌며 찬양과 기도 속에 행복한 청소년 시절을 보냈다. 그때 학생들이 얼마나 열심히 뜨겁게 기도하며 불이 붙었었는지!

그런데 고 3이 되어 진학반과 취업반이 나뉘게 되자 어느 날 아들이 '아버지 저랑 얘기 좀 해요. 상담할 게 있어요.' 그러더니 아무리 생각해도 자기도 진학반에 들어가서 공부해 대학에 가야겠다는 것이다. 본인이 하겠다는데 나야 뭐라 하겠나. "그래 한번 해봐라. 내가 도울 수 있는 한 도와줄게." 그리고 학교에 가서 담임과 상담했더니 아주 생각 잘했다면서 "이 애가 입학할 때 전교 성적 50등이었어요. 그래서 좀 아깝다 생각했죠." 알려주었다.

에고, 이런 또, 진작에 알려주지…. 내가 너무 무심했다. 아이들 성적에 관심을 가질걸! 아들은 3학년 진학반에 들어가니 학교에 가지 않아도 되었다. 공고는 아이들에게 자율권을 줘서 남은 기간 스스로 최선을 찾게 한다는 것이다.

이는 얼마나 감사한 정책인가. 아들과 나는 이미 영어 수학은 늦어서 따라잡기 힘드니 암기 과목을 위주로 가장 인기 있는 참고서 하나만을 택해 집중키로 했다. 그리고 아들이 원하는 대로 비디오테이프를 열 개 사다 주었다.

EBS 교육방송을 녹화했다가 오전에 듣고 오후에는 독서실에 가서 종일 파묻히기로 했다. 그리고 아들은 예비고사 볼 때까지 열심히 공부했다. 본인이 말한다. '공부의 필요성을 느끼지 못해서 그동안 안 했노라고….' 수학능력시험을 치르고 몇 군데 성적에 맞춰 수도권과 지방권에 서류를 넣었다. 공고기 때문에 이공계 계통으로 넣어야 했다. 그리고는 그중에 외할머니가 계신 군산대학 화공과에 입학했다.

아무리 남자지만 객지에서 자칫 빗나갈지도 모르기에 외할머니

집에서 다니는 게 좋겠다 생각됐기 때문이다. 아들은 2년간 군산에 살면서 외할머니의 사랑을 듬뿍 받았다. 이 아들은 아기 때 엄마의 직장생활로 외할머니 손에 맡겨져 자랐다. 짐도 되었겠지만 외로운 외할머니에게 위로가 되었을 것이다. 그렇게 2학년을 마치고 아들은 공익근무 요원으로 군 복무를 하게 되었다.

군 복무를 마칠 무렵 아들은 또다시 내게 면담을 요청했다. 내용은 아무래도 자기가 신학교에 가야겠다는 것이다. 한번 사는 인생인데 가장 보람 있는 일이 무엇일까 고민했는데 역시 주의 종이되어 영혼을 구원하고 돌보는 일이 가장 보람 있는 일이겠다는 것이다. 내가 반대할 이유가 뭐겠는가. 쌍수를 들어 환영이지. 어릴때 두 아들 꿈이 아버지 뒤를 이어 주의 종이 되겠다더니 자라면서 그 길은 저만치 밀려났었다. 이제 큰아들이라도 그 길을 가겠다는데 얼마나 감사한 일인가.

아들은 입시 학원에 들어가 편입시험을 준비하고 강남대 영문과 경원대 철학과, 경기대 국문과에 시험을 치러 모두 합격했다. 그리고 그중에 내가 하고 싶었던 국문과에 들어가 졸업 후 장신대 신대원에 100기로 들어가 졸업했다. 그리고 무학교회 교육전도사, 송학대 교회 부목사, 기쁨의 교회 부목사를 거쳐 뉴질랜드 선교사로 나갔다. 한국에 머물며 목회하면 선배인 내가 길을 인도해 줄 수도 있을 텐데 아이까지 둘 딸리고 셋째까지 임신한 상태에서 본인이 신학교에 가며 서원했던 길을 간 것이다. 더 늦으면 기회가 없을 것 같다면서.

그것도 미국에 가 있는 친구들이 그리로 오라는 것을 뿌리치고 일부러 인터넷을 뒤져 전혀 연고가 없는 곳으로 갔다. 아는 이들이 전혀 없는 곳으로 가야 제대로 된 선교사 노릇을 할 수 있다면서.

아들은 이제 선교 6년 차다. 올해 45세. 부교역자는 이제 졸업하고 어딘가로 목회지를 결정해야 한다. 세 아이 아빠로서 영주권까지 받았는데 어디로 가야 할까. 그 길을 우린 잘 모른다. 하나님의 선한 인도 하심을 기도한다. 착하고 순수한 아들. 책임감 강하고 어디서나 잘 어울리며 인정받는 아들이기에 어딜 가든지 잘 해내리라 믿는다. 워낙 착하니 바보 아버지 뒤를 이어 바보 목사로 계대를 이어 가게 될 것이다.

둘째 아들은 아내와 함께 한울교회 안수집사로 충성을 다한다. 함께 아동부 교사를 섬기며 2부 찬양을 인도하고 30·40 젊은 부부팀에 속해 열심히 교회를 섬기는 충성된 일꾼이다. 수입의 많은 부분을 선교비와 구제비로 사용하면서 아이들 둘과 함께 바보처럼 묵묵히 주의 길을 가고 있다. 이 아들도 살아가는 모습이 꼭 바보다. 그 아비에 그 아들들이다. 우리 삼부자 바보 가족 만만세!

나의 바보 목사 이형우의 힐링편지에 나오는 글 중 일부에 대한 연재를 끝내며 어제 뉴질랜드 사랑하는 딸 이은정 사모가 보내온 하나님의 약속만 믿고 누가 뭐라던 묵묵히 방주를 지었던 바보 노아에 대한 찬양을 싣는다.

✓ 아들들의 어린 시절 모습

✓ 가족사진

나는 행복한 바보 목사입니다

06

목사가 되고 싶지 않았다

에픽테토스

어떠한 일도 갑자기 이루어지지 않는다. 한 알의 과일, 한 송이의 꽃도 그렇게 되지 않는다. 나무의 열매조차 금방 맺히지 않는데 하물며 인생의 열매를 노력도 하지 않고 조급하게 기다리는 것은 잘못이다.

아버님은 총회 신학은 6기, 장신대는 50기이시다. 당시는 총신과 장신이 갈라지기 전이어서 남산에서 공부하셨다. 나는 아버님에 대해 잘 모르고 같은 옥산교회 출신이신 김용기 목사님이 한해 후배셔서 그분을 통해 조금 들었을 뿐이다. 당시 교회들은 매우 열악해서 목회자들을 모시기 어려웠고 교회에서 주는 성미 쌀 한두 말로 생활했고 농어촌 교회는 농가에서 주는 농번기 음식들을 주는 대로 먹으며 목회를 했다고 한다. 요즘처럼 예산도 없고 교회 형편대로 살아가는 생활이었다.

그러니 자녀들을 어떻게 돌볼 수 있었으랴. 더구나 5남매를 함께 데리고 다닐 상황이 아니었다. 그래서 두 명 정도를 데리고 다니셨는데 셋째와 막내가 가장 많이 목회지에 따라다니며 지냈다. 나는 맏이니 당연히 할아버님께 맡겨져 아버님이 어떤 목회를 하시는지 알 길이 없었고 나중에야 당시 목회자들이 얼마나 힘들게 살았나를 알게 되었다. 그러니 당연히 아버님이 원망의 대상이었다. 왜 자식을 낳아놓고 함께 살지 않고 조부모님께 맡겨놓고 방치하느냐. 성경에 보니 누구든지 자기 친족 특히 자기 가족을 돌보지 아니하면 믿음을 배반한 자요, 불신자보다 더 악한 자니라(딤전 5:8)고 했는데 자녀들을 돌보지 않는 아버지는 불신자보다 악한 사람이다. 이것이 자라면서 나의 원망이었다.

누가 내게 그런 아버님의 목회 상황을 한 번도 알려준 일이 없으니 불만은 내 마음속에 켜켜이 쌓여 만 갔다. 그런 내가 어찌 아버님의 뒤를 이어 목사가 되려 했겠는가? 할아버님이 늘 내게 넌 아버지가 목사니 뒤를 이어 목사가 되어야 한다. 귀에 못이 박이게 말씀하셨지만 그럴수록 반발심은 커져만 갔다. 게다가 중학교에 진학하게 되었을 때 내게는 선택권이 없었고 당연히 청주에 있는 기독교 학교인 세광중학교에 원서를 내야 했다. 고등학교도 세광고등학교를 다녀야 했다.

그 학교는 당시에 전혀 알아주지 않는 하류로 취급되는 학교였다. 그것은 얼마나 사춘기에 자존심 상하는 일인가. 나는 내 성적이 얼마나 되는지도 몰랐다. 숙제조차 못 해가는 상황이었으니까. 나중에 가까운 선생님이 내가 전체 입학생 중 20위권 성적으로 입학했다는 말을 들려주셨다. 그러니 얼마나 학생들 성적이 엉망이었겠나. 나는 할아버님 할머님의 목사가 되라는 말과 기도를 들을 때마다 울화통이 터졌다. 나는 빌어먹을지언정 절대 목사는 안 된다. 노동하던 길거리 장사를 하던 내 가족들을 돌보며 사는 책임감 있는 사람이 되겠다. 다짐하고 또 다짐했다.

아버님은 교회를 자주 옮겨 다니셨다. 천안에서 온양으로, 대전으로, 경산으로, 제주도로, 울릉도로, 어떤 형편이어서 옮기셨는지는 알 수가 없다. 나중에라도 물어볼 수 있었겠지만 그건 당시 상황인데 뒤늦게 물어본들 무슨 의미가 있겠는가. 그렇게 다짐하고 또 다짐했건만 목사가 되어 아버님의 뒤를 이어가게 되다니 이건 어찌 된 일인가. 나는 나를 위해 뒤에서 할아버님과 할머님의 눈물 기도가 있었기 때문이라 생각한다. 새벽이면 두 시부터 일어나 눈물 기도를 드리시던 두 조부모님, 그분들의 기도가 있었기에 목사가 되고 바보 목사로 주어진 임기를 잘 마치고 은퇴하여 오늘이 있게 되었다고 믿으며 감사드린다. 기도는 위대한 능력이요, 힘이다. 기도로 아뢸 때 나와 나의 후손들이 복을 받게 됨을 잊지 말자.

김용기 목사님은 당시 목회자들의 생활에 대해 말한다.

"교회는 목회자를 초빙할 때 얼마를 사례비로 주겠다 약속하지 않았고 목회자들도 얼마 달라 요구하지도 않았다. 그냥 복음을 전할 수 있음에 감사하며 주어진 사명에 충성을 다 할 뿐이었다."

참고로 아버님과 연배가 비슷한 시대에 목회하셨던 성순석 목사를 통해 어려서 함께 살며 느끼고 체험했던 아버님 목회에 대해 들어보았다. 성 목사 아버님은 주로 경주 포항 일대에서 목회를 하셨는데 동방교회, 모아교회, 자명교회, 성계교회, 송라 제일교회를 담임하셨다고 한다.

우리 아버님만 여러 교회들을 전전하신 것이 아니었다. 성 목사 아버님은 목수 일에 재능이 있으셔서 주로 교회 건물을 건축할 예정인 교회에서 초빙하셨다 한다. 목회 초기에는 조부모님도 함께 모시고 다녔는데 교회서 성미 조금 주는 것으로는 살 수가 없어 할머님이 나물을 뜯어다 죽을 주로 쑤어 먹으며 살았다 한다. 그래서 성 목사는 아버님께 '왜 우리 집은 맨날 죽이냐 나도 밥 먹고 싶다.' 투정을 부렸다고 한다.

결국, 아버님은 밥이라도 충분히 먹게 하겠다며 성 목사를 고아원에 보내기로 작정하셨고 이에 어머님은 난 절대 아들을 고아원에 보낼 수 없다며 반대해 그때부터 어머님 고향인 울릉도에 물건을 떼다 머리에 이고 다니며 파는 방물장수가 되셨다. 부산 국제

시장에서 옷을 떼다 파시고 빗이나 그릇, 주로 공산품들을 지인들에게 주문받아 한 달 정도 장사하고 돌아와 한 주를 보내고 다시 장사를 나가셨다 한다. 그렇게 돈을 벌어 헌금하시면 그 돈으로 아버님은 건축 자재들을 사시고 벽돌을 찍고 목재를 사서 교회들을 건축하셨다 한다.

성 목사님 기억으로는 교회 안팎에서 엄청난 공격과 시련을 겪으셨다. 모아 교회는 월성 이 씨 집성촌으로 조상신을 모시는 사당이 있고 서당과 훈장이 있는 철저한 유교촌으로, 교회가 들어와 부흥되는 것을 철저히 반대했다. 그래서 낮에는 서로 친하게 지내다가 밤이면 어른들의 사주를 받은 동네 부랑배 청년들이 몰려와 이제 막 쌓아 올린 교회 벽을 부수고 나무 목재들을 부수었다. 돈이 없는 아버님이 여기저기 수소문해서 건축하며 버린 목재들을 얻어다 쌓아 놓았는데 그 목재 더미를 부수려 하자 아버님이 막다가 목재 더미에 깔려 돌아가실 뻔했다고 한다. 얻어 온 목재에 대못들이 박혀 있어 아버님의 온몸에 박혔기 때문이다. 죽는다고 소리치자 청년들은 도망가고 할머님이 된장을 상처에 싸서 묶어 독이 올라 돌아가실 뻔했다. 민간요법이 빚은 무모한 사건이었다.

나는 아버님의 목회 현장에 따라다니지 못해 불만은 있었지만 이런 모습들은 보지 못했기에 그래도 나은 편이 아닐까? 내가 그런 모습을 목격하고 자랐다면 상처가 더 컸을지도 모르겠다. 따라 다니든 아니든 목회자가 된 것은 오직 하나님의 은혜다. 오늘날 목회 상황이 좋아져 어떤 교회들은 목사가 대기업 회장처럼 되었다. 그리고 온갖 비리들이 터져 나와 사회의 지탄과 비난의 대상이 되고 있다. 이제 우리는 그 가난하고 어렵던 시절 오직 복음 전파의 사명을 위해 말없이 수고했던 선배들의 자세를 되돌아보아야 한다. 그리고 힘들고 어렵게 피와 눈물과 땀을 바치는 농어촌 교회들과 개척교회, 선교사들을 돕는 일에 전심을 다 하는 교회들이 되어야 한다.

✓ 아버님의 신학교 졸업사진

07

연평도, 청주 옥산, 그리고 희망 고아원

프리체

인생이란 학교에는 불행이란 훌륭한 스승이 있다. 그 스승 때문에 우리는 더욱 단련되는 것이다.

1994년 한울교회 목회 시절 휴가를 맞아 아내와 함께 내가 태어난 연평도 교회를 찾았었다. 당시 목사 합창단 김철수 목사가 담임목사로 있었고 인천노회 임원들이 부흥집회를 인도한다 하며 동기 정남철 목사가 함께했기에 감사했다. 연평도는 인천부두에서 배를 타고 한 시간 반 정도 가는데 지금은 하루 두 번 왕래하지만, 당시는 한 번만 운행했다. 바다 여행은 파도가 일면 항해가 중단되기에 불안하다. 갈 때는 일기가 괜찮아 가능했는데 풍랑예보로 목요일에 배를 타고 나왔다. 주일예배 때문이다. 인천노회 목사들도 함께 부흥회를 중단하고 철수할 수밖에 없었다. 나는 친척들을 통해 아직도 연평도에 사는 분이 있다 해서 찾아가 인사드리고 사흘을 그 집에서 묵었다. 부대가 주둔하고 있는 통제 구역이라 별로 다닐 곳도 없었다.

수요일까지 부흥회에 참석했는데 김철수 목사는 음악에 재능이 있어 성도들을 훈련시켜 찬양단을 이끌고 육지에 20여 회를 연주했다고 한다. 우리가 갔을 때 여 집사가 인터넷을 통해 드럼을 배웠다는데 얼마나 드럼 연주를 잘하는지 깜짝 놀랐다. 김철수 목사가 3년 반 정도 시무하고 나온 후 찬양단도 사라져 버렸다고 하니 이끌어가는 목회자의 영향이 중요함을 느낀다.

연평도에서 살던 우리는 할아버님이 양을 몰고 청주로 이주하여 옥산에 거주하게 되었고 산을 넘어 멀리 덕촌교회에 다니시던 할아버님이 옥산면 소재지에 옥산교회를 설립하게 된다. 나의 어린 시절은 옥산교회서 자랐고 군에 입대하기까지 그 교회는 나의 신앙을 키워 준 자양분이었다. 중2 때부터 주일학교 교사였던 나는 당시 교역자셨던 박성동 전도사님이 장신대 기숙사로 들어가시면 새벽기도와 수요 예배를 인도하는 대리 교역자(?)가 되었다. 아버님이 남기신 집에 있는 설교집이나 예화집 등을 참고로 겁도 없이 쪽지 하나를 들고 설교를 했다. 우스운 일이지만 그 모든 것이 나를 교역자로 훈련시키는 계기가 되었다. 참고로 인터넷에 나온 간단한 옥산 교회 역사를 적어 본다.

옥산교회 소개 연혁

1952.01.15. 덕촌교회 다니던 이상백 안국원 백의숙 민영세 고해

원 제씨가 이익건 전도사를 모시고 옥산초등학교 가교사에서 백인석 목사를 청하여 전도 강연회를 가진 것이 본 교회의 시작이다.

　1952.03. 제2대 김봉관 목사 부임. 오산리 539번지 대지 111평과
　　　　　초가 8칸을 매입 수리하여 가을에 입당

　1952.03.20. 충북노회에서 교회 설립을 허락받다.

　1953.10. 제3대 이성수 전도사 부임

　1954.12. 제4대 정영구 여전도사 부임 이상백 장로 장립(이상백
　　　　　장로가 우리 할아버님이시다)

✓ 옥산교회와 할아버님(맨 앞줄 지팡이 잡으신 분)

　할아버님은 내게 강한 자립심을 요구하셨다.

　"넌 아버지가 목사여서 가족들을 돌볼 수 없기 때문에 맏이인 네가 동생들을 거느려야 한다. 그러려면 강한 훈련을 받아야 한다.

청주 희망원으로 들어가라."

세상에. 손자를 고아원에 보내는 할아버지가 어디있나. 나는 중 2 때 갑자기 할아버님이 평소 노회에서 가깝게 지내며 교류한 김경해 장로님이 운영하는 충북 '희망원'으로 입소했다(이분이 나중에 옥산 땅을 구입해서 영아원을 그곳에 세운다).

희망원은 당시 부모 없이 자라는 아이들이 모인 곳으로 주로 전쟁고아들이 많았고 외국에서 원조를 받아 운영했기에 상황은 열악했다. 도시락은 꽁보리밥에 검은 콩을 조려 한 숟갈에 한 개 정도 먹을 수 있게 싸주었고 한방에 여러 명이 잠을 자며 살았다. 견디기 힘든 일은 학교에 다녀오면 재래식 변소에서 퍼낸 변을 양쪽에 통을 매단 들통에 담아 어깨에 메고 다니며 과일나무에 주어야 하는 일이다. 그 일은 한 번도 해본 일이 없어 걸을 때마다 통이 출렁거리며 변이 쏟아져 바지와 옷에 묻었다. 키도 작고 왜소한 내가 그런 일을 감당하기란 정말 힘들었다. 그럴수록 나는 아버님이 원망스러웠고 나를 이렇게 방치하는 부모가 미웠다. 아무도 의지할 것 없는 아이들은 서로 똘똘 뭉쳐 누구든 걸리면 떼로 덤벼들어 아무도 그들을 당해 낼 수가 없었다. 그것 하나는 좋았다. 희망원 애들이 중·고등학교 내내 나의 울타리가 되어주었기 때문이다.

그러던 어느 날 동산에서 변을 퍼 나르다 쉬고 있는데 저 멀리

서 어머님이 나를 부르며 달려오셨다.

"형우야!"

나는 번개같이 달려가 어머니 품에 안겼다. 세상에 이토록 행복한 순간이 내게 또 있던가. 나는 예수님이 '너희를 고아와 같이 버려두지 않고 다시 와서 너희를 영접하리라'는 말씀의 감격을 골백번 이해한다. 하나님을 아버지로 모시지 못하는 인생이 가장 불쌍한 인생이다.

요 14:18 내가 너희를 고아와 같이 버려두지 아니하고 너희에게로 오리라

요 1:12-13 영접하는 자 곧 그 이름을 믿는 자들에게는 하나님의 자녀가 되는 권세를 주셨으니 13 이는 혈통으로나 육정으로나 사람의 뜻으로 나지 아니하고 오직 하나님께로부터 난 자들이니라

"하나님 아버지 제가 지금 힘들어요, 도와주세요."

"아버지, 이 문제를 해결해 주세요."

하나님을 아버지로 모시며 사는 이들은 얼마나 든든하고 행복한 인생인가?

08

신문 배달로 자수성가의 꿈을 키우다

헬렌 켈러

세상은 고통으로 가득하지만, 그것을 극복하는 사람들로도 가득하다.

고아원에서 돌아온 후 나는 스스로 일어서기로 결심했다. 친구와 청주로 나가 자취를 하며 신문 배달을 하기로 한 것이다. 친구의 친척이 경향신문사 지국장으로 일하는 곳에서 학교 수업을 마치고 300부를 맡아 수동과 우암동 일대에 신문을 배달했다. 체력은 매일 달리기로 단련했기에 얼마든지 가능했다. 집에서 정봉역까지 약 5리 길을 시간을 재서 기차 시간과 맞춰 집에서 가방을 옆구리에 끼고 달려 기차 통학을 했기에 신문 300부쯤은 식은 죽 먹기였다.

정한 시간에 신문사로 나가 그날 광고지들을 신문에 끼워 넣는데 당시는 광고 간지들이 많았다. 서너 가지를 요령껏 빠른 시간에 끼워 넣고 저녁 시간에 늦지 않도록 달려가 신문지를 반으로 접어 날려 보내면 종이비행기 날 듯 목표지점에 정확히 꽂힌다. 내가 원하는 방의 문 앞에 꽂히는 기분은 아이들 비행기 날리는 기분과 같다. 일을 즐기는 것이다. 당시는 신문 배달부가 수금까지 해야 했는데 나는 거의 제날짜에 입금했다. 돈을 안 주고 몇 달씩 미루다 떼어먹고 달아나는 사람들도 있었는데 내가 당신 자녀들이 수금을 못 해 얼마 안 되는 알바비가 제해지고 그래서 학비를 못 내 학업을 중단하는 일이 있으면 되겠냐? 하소연하니 대부분 떼먹지 않고 잘 주었다.

문제는 겨울이었다. 날이 일찍 어두워지면 마지막 우암산자락에 있는 청주대학 건물에 신문을 몇 부 넣어야 하는데 눈이 하얗게 쌓인 길을 걸으면 사박사박 누군가 쫓아오는 것 같았다. 나는 캄캄한 밤에는 건물이 그렇게 무서운지 몰랐다. 겨울바람이 건물을 훑고 지나가면 '우웅' 울리는 소리가 마치 누군가 곡을 하는 것처럼 들렸다. 시골 외딴집에서 밤에 변소 갈 때면 동생들 밖에 보초 세우고 일을 보던 내가 이렇게 무시무시한 일을 겪다니!

마지막 신문 3부는 해부학 교실인데 거기는 사람 사체를 연구한다는 곳이다. 게다가 그해 가을 그곳에서 청년이 양잿물을 김에 싸서 먹고 자살했는데 불룩 나온 배를 누르니 누런 썩은 물이 울컥 쏟아져 나오더란다(목격자에게서 직접 들었다). 시체 해부 모습과 청년의 끔찍한 영상이 머리털을 치솟게 한다. 해부학 교실을 올라가노라면 내 발자국 소리에 내가 놀란다. 뚜벅뚜벅뚜벅, 나도 모르게 걸음은 몇 계단씩 날아오르고 마지막 교실에 신문을 던져 넣자마자 계단을 비행기 타듯 날아 내린다. 아마 그 모습을 영상으로 찍었으면 토픽감이었을 게다.

그렇게 한해 겨울 나는 동안 나는 어떤 것도 겁내지 않는 사내로 변해있었다. '뭐든지 덤벼라. 내가 상대해주마.' 나는 다음부터 무서운 게 없어졌다. 이 용기는 후에 어떤 일도 겁내지 않는 담대함으로 내 삶의 소중한 재산이 되었다.

극도의 공포를 이겨내면 더 이상 무서운 게 없다. 할아버님의 고아원 훈련은 정말 내게 가장 좋은 인생의 보물이 되었다.

오늘의 명언
어려울 때 우리는 가장 많이 성장한다는 것을 기억하라.

\- 조지 워싱턴

나는 행복한 바보 목사입니다

✓ 학창 시절, 여름과 겨울

바보 인생이 더 행복한 삶이었다

윌리엄 제임스
우리는 행복하기 때문에 웃는 것이 아니고
웃기 때문에 행복하다.

돌담이 바람에 무너지지 않는 까닭은 틈 때문이다

내륙의 바람이 시멘트 담장을 무너뜨려도, 제주의 돌담을 허물지 않는 이유 단 하나. 돌담은 바람의 길을 막아서지 않기 때문이다. 돌과 돌 사이에 드문드문 나 있는 틈이 바람의 길이 되어 주기 때문이다. 그런 돌담을 바람도 굳이 허물고 지날 이유가 없다. 나는 그런 돌담 같은 사람이 좋다. 담장처럼 반듯하고 격이 있어 보여도, 군데군데 빈틈이 있어 그 사이로 사람 냄새가 새어 나오는 그런 사람이 좋다. 꼭 완벽할 필요는 없다. 사실 완벽한 사람도 없다. 완벽이란 이름으로 힘들게 찾은 사람 냄새 나는 빈틈을 메워버리는 바보만 있을 뿐. 그대, 빈틈을 허락하라. 바람이 돌담에 스며

들듯 사람이 사람에게 스며들 수 있도록!

틈(間隙, 間隔)

틈이 있어야 햇살도 파고듭니다. 빈틈없는 사람은 박식하고 논리 정연해도 정이 가질 않습니다. 틈이 있어야 다른 사람이 들어갈 여지가 있고, 이미 들어온 사람을 편안하게 합니다. 틈은 사람과 사람 사이 소통의 창구입니다. 굳이 틈을 가리려고 애쓰지 말고, 열어 놓을 필요가 있습니다. 그 빈틈으로 사람들이 찾아오고 그들이 인생의 동반자가 되어서 삶을 풍요롭고 행복하게 만들어 줄 것입니다. 틈은 허점이 아니라 여유입니다. 빈틈을 보이며 사는 바보 목사, 그래서 사람들은 아직도 나를 좋아하고 내 곁에 모여드나 봅니다.

✓ 첫째 아들 가족

Part 2

바보 목회를 하다

히 12:1-3
목회에 좌우명으로 주신 말씀: 예수를 바라보자

1 이러므로 우리에게 구름 같이 둘러싼 허다한 증인들이 있으니 모든 무거운 것과 얽매이기 쉬운 죄를 벗어 버리고 인내로써 우리 앞에 당한 경주를 하며 2 믿음의 주요 또 온전하게 하시는 이인 예수를 바라보자 그는 그 앞에 있는 기쁨을 위하여 십자가를 참으사 부끄러움을 개의치 아니하시더니 하나님 보좌 우편에 앉으셨느니라 3 너희가 피곤하여 낙심하지 않기 위하여 죄인들이 이같이 자기에게 거역한 일을 참으신 이를 생각하라

6개월간 배 타면서 신학을 결심하다

헬렌 켈러

행복의 한쪽 문이 닫히면 다른 쪽 문이 열린다. 그러나
흔히 우리는 닫힌 문을 오랫동안 보기 때문에 우리를
위해 열려있는 문을 보지 못한다.

절대 목사는 안 되겠다 결심한 내가 목사가 되기를 결단한 것
은 제대 후 울릉도에 들어가 배를 타게 되었기 때문이다. 한 폭의
아름다운 수채화처럼 드넓게 펼쳐진 논과 밭, 황금 모래사장은 내
가 군대 생활을 하는 동안 어릴 때 머물렀던 청주 '충북 희망원' 김
경해 장로님께 팔렸다. 얼마에 팔렸는지 나는 전혀 모른다. 그냥
갑자기 고향을 잃어버린 나그네 신세가 된 것이다. 이는 얼마나 서
글픈 일인가? 이번에 책을 쓰며 서임중 목사님을 만나고 돌아오는
길에 예전에 살았던 집을 들려보았다. 옛 모습은 찾아볼 수 없었
고 이제는 들어가는 입구부터 철망으로 막혀있었다. 그 많던 농장
은 작은 탁아소 부지만 남기고 전부 소를 키우는 가축장과 논, 공
장 건물로 바뀌어 있었다.

꿈과 희망을 안고 제대한 나는 설 땅을 잃고 망망대해 섬 속에 갇히게 되었다. 어쩔 수 없이 배를 타게 된 나는 오징어를 잡는 어부가 되었다. 오후 4시가 되면 선원들과 작은 목선을 타고 나가는데 그리 멀지 않는 두세 시간 내의 거리로 나가 밤을 새워 고기를 잡는다. 나는 처음 배를 탔기 때문이기도 하지만 뱃멀미가 너무 큰 고통이었다. 군대서 울릉도에 갈 때는 포항에서 청룡호와 동해호라는 큰 여객선을 열 시간 정도 탔는데 그때도 멀미해서 힘들었다. 그런데 이 작은 배는 그와는 비교가 안 되었다. 처음 30분 정도는 견딜만한데 침이 나와 뱉다가 울컥하면 뱃속에 든 것을 토해야 한다. 그리고 나면 한 시간 정도 괜찮다가 다시 울컥하고, 밤새 그러고 나면 기진맥진이다. 그래도 나는 끈질기게 쉬지 않고 오징어를 잡는 물레를 돌렸다. 연을 띄울 때처럼 길게 1열로 매단 몇십 미터 낚싯줄을 늘어뜨려 낚시를 감는 알루미늄 기구에 물레처럼 바닷속으로 내렸다 올렸다를 반복한다. 그러면 환하게 켜놓은 집어등 불빛에 알록달록한 플라스틱 가짜 낚시들이 올라오는 것을 먹이로 착각하고 덤벼든다. 그러면 낚시에 오징어 다리들이 걸리며 몸통이 뒤집혀 올라와 검은 먹물을 내뿜으며 바닥에 떨어진다. 오징어들도 나처럼 멍청이 바보들이다.

고기가 안 잡힐 때는 어부들이 배 바닥에 누워 잠을 잔다. 돌려봐야 헛수고이기 때문이다. 그러다가 오징어가 올라오며 몸통이 뒤집혀 먹물을 하늘로 쏟아내면 얼굴에 튀는 먹물 때문에 일어나서 물레질한다. 우리 배에서는 그 길잡이를 누가 하는가? 바로 나다. 멀미를 하면 누워 안정해야 할 텐데 눕지도 않고 끈질기게 돌리다가 오징어를 잡도록 하는 역할을 하는 것이다. 그것도 나 아니면 할 수 없는 바보짓이다. 사람들은 나더러 울릉도 고기잡이 역사상 처음 보는 독일 병정이라 했다. 겁 없이 목숨 걸고 달려드는 무서운 병사라는 뜻이다. 단 하나밖에 없는 생명을 내놓고 달려드는 무시무시한 병사. 나는 울릉도 고기잡이 역사를 뒤집는 인물이 되었다. 바보가 적들을 물리치고 바보가 세상을 바꾼다.

이 바보 오징어들은 한번 떼 지어 달려들면 정신이 없다. 엄청난 오징어 산더미에 걸려 추가 내려갈 틈도 없이 조금 내렸다 올렸다를 반복해야 한다. 몰려드는 그 순간이 지나면 한동안 기다려야 하기 때문이다. 수없이 내뿜는 먹물들을 얼굴과 우비에 뒤집어쓰면서. 그렇게 시간이 지나면 잠잠하다가 다시 달려들기를 반복한다. 낚시에 걸려 올라와 내가 돌리는 물레 칸막이 바닥에 가득 쌓이는 오징어 무리들을 보라. 수없는 적들을 쏘아 넘어뜨리고 적진을 탈환한 병사들인 양 온 얼굴에는 환희와 기쁨이 넘친다. 그리고는 4시경이면 날이 훤해지는 바다 위를 작은 칼로 오징어 배를 따면서 돌아온다. 내던지는 내장을 먹으려고 따라오는 수많은 갈매기 떼들의 환영을 받으면서… 배를 가르고 다리에 붙은 눈을 따서 내버리는 데 나는 누구도 따를 수 없는 달인이 되었다.

　그리고는 잡은 오징어들을 숫자를 세어 선주 6, 어부 4로 나누어 가져다 기다란 대나무를 걸쳐 놓은 덕장에 꿰어 널어 말린다. 말리는 방식 때문에 울릉도 오징어들은 귀 가운데가 구멍이 나 있고 강원도 오징어들은 몸통에 자국이 있다. 그렇게 널어놓고는 식사는 하는 둥 마는 둥 누워 잠들었다가 오후엔 다시 나가는 다람쥐 쳇바퀴 도는 생활이었다. 그러는 6개월 동안 나는 세 번이나 죽을 고비를 넘겼다. 두 번은 풍랑을 헤쳐 나가는 순간이었고 한번은 배의 키가 부러지는 사고 때문이었다. 많이 나아지기는 했어도 배를 타는 일은 목숨을 거는 일이다. 일기예보에서 풍랑예보가 있으면 모든 선원은 긴장하며 대기해야 한다. 천부항은 포구가 작아 배들을 수용할 수 없어 인근 다동항으로 이동을 해야 하기 때문이다.

　그대로 두면 포구에 파도가 넘쳐 배들이 서로 부딪쳐 파선되므로 선원들은 자기 배를 목숨 걸고 지켜야 한다. 풍랑이 일면 선원 모두가 배에 타 대기하며 다가오는 파도를 숨죽이며 지켜본다. 배가 파도와 일직선으로 마주 섰다가 때가 됐다 판단되면 선장이 종을 치는 지시에 따라 기관장이 전속력으로 돌진해야 한다. 파도는 세 번 세차게 세 번 작게 밀려오기에 파두의 숫자를 하나 둘 셋 세다가 작은 파도일 때 빠져나가야 한다. 이때 배의 방향이 잘못되면 파도에 밀려 바위와 부딪혀 순식간에 배는 파손되고 선원들은 수

장된다. 내가 배를 타는 동안 두 번이나 휘청거리며 배가 뒤집힐 뻔했다.

또 한 번은 파도가 엄청 세게 치는 날 바다로 나갔다가 산 같은 파도를 견디지 못하고 배 방향을 움직이는, 배 아래에 있는 키가 부러졌다. 이 기구가 부러지면 선장이 잡은 키는 아무 소용없고 속수무책이다. 그냥 물결치는 대로 파도치는 대로 망망대해를 떠 내려가는 것이다. 선장의 말을 듣고 우리는 모두 긴장을 했다. 배는 점점 울릉도 바위벽을 향해 가는데 대책이 없는 것이다. 나도 모르게 '주님!' 기도가 나온다. 나는 여기서 이대로 생을 마쳐야 하는가? 삶과 죽음이 교차하는 지점에서 사람은 자신의 모습을 돌아보게 된다. 감사하게도 그때 마침 곁을 지나가던 배에 소리쳐 그 배의 기구를 빌려 목숨을 건지게 되었다. 아직도 나의 사명이 다하지 않은 것이다.

그러던 중 어느날 거센 파도가 치는 칠흑같이 어두운 밤 우리는 고기를 잡을 수 있는 곳을 향해 이동하고 있었다. 두두둥 뱃전을 때리는 파도 소리를 들으며 작은 선실에서 잠들어 있을 때 갑자기 배가 '쿵' 하는 소리와 함께 뒤집히며 선실로 물이 쏟아져 들어왔다. 나는 죽음을 직감했다. 도저히 밖으로 나갈 수 없는 상황이기에 이제는 끝이라는 생각으로 소리 쳤다. '하나님 한 번만 살려주세요. 이대로 죽을 수는 없어요. 이제는 하나님 뜻에 순종할게요. 살려주시면 목사가 될게요. 한 번만, 한 번만.' 그 순간 눈이 떠지더니 잠에서 깨어났다. 다른 이들은 모두 깊은 잠에 빠져있었다. 나만 온몸이 땀으로 흠뻑 젖었다. 나는 그 자리에 무릎 꿇었다. '감사합니다. 주님, 이게 저를 깨우치게 하는 꿈이었군요. 정말 이제 서울로 올라가서 신학하고 목사가 될게요.' 나는 그 꿈이 돌이킬 줄 모르는 나를 일깨우기 위해 하나님이 길을 보여주시는 꿈인 영몽이라 믿는다. 나는 그렇게 울릉도를 통해 목사의 길을 결단하게 된 것이다. 옥산 땅에 그대로 있었다면 과연 내가 목사가 되었을까?

02

계몽사에서 세일을 하며 야간 신학을 하다

데모스테네스

작은 기회로부터 종종 위대한 업적이 시작된다.

울릉도에서 목사가 되기로 결단한 나는 서울로 올라와 신림동에 머물면서 신학교에 갈 길을 찾았다. 야간 신학이라도 가려면 직장에 들어가 공부할 여력을 가져야겠기에 지인을 통해 일자리를 알아봤지만 여의치 못했다. 그러던 중 나가던 봉신 제일교회(후에 길자연 목사가 후임으로 오며 왕성교회로 개명) 집사님이 자기 집에 찾아오는 계몽사라는 출판사 세일즈맨이 있는데 대화해보니 그 일이 공부와 일을 병행하기에 괜찮을 것 같다며 한번 해보라고 소개해준다. 즉시 회사로 나가보니 종로 3가에 자리 잡은 아동도서를 취급하는 회사의 영업 지사였다.

아동들이 보는 50권짜리 문학 전집, 컬러로 되어있는 컬러 백과, 등 당시 아동도서로는 가장 잘 알려진 출판사였다. 나는 황종만이라는 과장 아래 배속되어 책들의 종류에 대해 소개받고 간단히 세일즈의 기본 요령을 배운 뒤 세일즈의 세계에 입문하게 되었다. 황 과장은 나와 동갑으로 아주 유능한 직원이었다. 첫날 나를 데리고 공덕동 법조단지라 부르는 지역으로 갔는데 겉보기에도 기가 죽는 으리으리한 집들이었다. 집집이 벨을 누르며 다니는데 한 집에서 책을 주문받았다. 남편이 판사라는데 국민학교 아동이 있어 주문한 것이다. 그는 이미 계몽사에 대해 아이들 친구들에 의해 잘 알고 있었다. 돈에 구애되지 않는 집인데 좋은 책을 사주는 건 당연한 일이라며 문학 전집과 컬러 백과 두 세트를 한집에서 주문했다.

아하. 이렇게 하면 되는구나. 이 사람이 하는데 나라고 못할 게 뭔가? 나는 다음날부터 용기백배해서 홀로서기에 들어갔다. 그리고 그날부터 공덕동 일대를 무대로 집집마다 샅샅이 훑어가며 세일을 해서 당일부터 계속 주문을 받아왔다.

이제 막 들어온 신입사원이 주문카드를 몇 장씩 끊어오자 회사에 난리가 났다. 이거 어디서 들어온 인재냐며 다른 과장들이 부러워한다. 우리 황 과장은 어깨를 으쓱거리고, 첫 달부터 나는 회사 안에서 톱을 했다. 그리고 연속으로 최고 매상을 이어갔다. 어려서부터 수많은 책을 읽었기에 책에 대하 설명에는 자신이 있었고 교회에서 아이들을 가르쳤기에 설득력도 남에게 뒤지지 않았다.

아이들을 만나면 먼저 신상을 파악하고 집에 무슨 책이 있는지를 물은 뒤 아이가 갖고 싶어 하는 책을 정해 함께 집에 들어가서 적극적으로 권한다. 그리고 주문을 받으면 작은 선물이라도 하고 그 집을 통해 다른 친구들을 소개받는다.

이런 세일즈의 기본방식은 후일 전도하는 데 유용하게 쓰였다. 하나님이 나를 개척교회 전도자로 일찍 훈련시키신 것이다.

그렇게 신학을 하기로 결심한 나는 낮에 출판사에 다니며 새문안교회에서 하는 야간 신학교에 입학했다. 1974년 내 나이 27세 때다. 군대 갔다 왔으니 이제 막 고등학교를 나온 이들보다는 조금 늦은 나이였다. 힘들게 신학교에 입학했는데 계속해서 엄청난 시험이 내게 닥쳐왔다. 이런 시험들은 누구에게나 끊임없이 파도처럼 밀려온다. 의욕을 가지고 입학해서 막상 공부해보니 신학교의 가르침이 그동안 내가 가져왔던 보수적인 신앙과 너무 부딪혀 회의가 몰려왔다. 외국에서 공부하고 돌아온 교수 중 소위 신신학이라고 불리는 강의들이 나를 혼돈에 빠트렸다. 홍해를 건넌 사건이 진짜 바다가 아니라 갈대 바다였고 성경은 하나님 말씀이 아니고 여러 신화의 집합체라느니 하는 강의를 도저히 소화해낼 수가 없었다. 도대체 기본적인 신앙을 뿌리째 흔드는 이런 공부를 왜 해야 한다는 말인가. 의욕을 갖고 입학한 나는 좌절과 혼란에 빠지게 되고 겨우 1학기를 마친 뒤 휴학이라는 결정을 하게 된다.

그렇게 휴학하고 몇 년을 출판사 일에만 매달리던 나는 갈등하다가 내가 모시던 이관영 목사님의 아들이자 장석교회 원로이신 형님 이용남 목사님과의 상담을 통해 그런 학설들을 모르는 것보다 알고 있는 것이 목회에 도움된다는 충고를 받고 복학하게 된다. 그래서 나는 코스모스 학기(가을 복학)로 입학 동기와 함께 공부한 동기, 졸업 동기가 다르다.

나는 계몽사 입사 1년 만에 파격적으로 과장이 되었다. 그리고 과원들을 훈련시켜 과 매상 실적이 남보다 앞서가게 되었다. 3년이 지난 후 지사장이 금성사로 옮기며 나를 차장으로 스카우트해서 전격적으로 사장 다음 위치에 오르게 된다.

그렇게 상승 가도를 달리던 나는 신학교에 입학했다가 휴학하고 회사 일에만 전념하다가 장래의 진로에 대해 심각하게 고민하게 된다. 신학을 포기하고 계속 출판사에 남을 것인가. 아니

✔ 신학교 시절 설립자이신 강신명 목사님과(개학식)

면 과감하게 정리하고 신학수업에만 전념할 것인가.

이대로 가면 이 업계에서 인정받고 성공하고 돈은 벌겠지만 내가 이런 일을 하려고 서울 온 건 아니지 않나. 두 가지를 병행할 수는 없었다. 회사일 하며 야간 신학교에 다니는 건 무리였다. 둘 중 하나를 선택해야 한다. 결국, 나는 기도 중에 과감하게 출판사 일을 접게 된다. 그리고 소중한 4년의 경험들을 추억으로 가슴에 담고 다시 신학의 길로 들어섰다. 이렇게 회의하며 갈등하는 바보인 나를 여기까지 인도하심이 전적인 하나님의 은혜다.

03

개포동에서 목회를 시작하다

> 푸시킨
>
> 삶이 그대를 속일지라도 슬퍼하거나 노하지 마라. 슬픈 날을 참고 견디면 머잖아 즐거운 날은 오리니 마음은 미래에 살고 현재는 슬픈 것. 모든 건 순식간에 지나가고 지나간 것은 다시 그리움이 되는 것이다.

봉천동 남서울 제일교회와 전농동 성덕교회에서 교육전도사, 성수동 신양교회에서 전임전도사를 거친 나는 목사고시를 치르고 안수를 받게 되었다. 이후 목사가 되면 새로운 임지를 구해야 한다. 나는 좀 더 부 교역자 생활을 하며 목회를 배우기 위해 큰 교회에 이력서를 내고 어느 정도 가능성을 보이는 두 교회 중 한 교회를 정하려 기도하고 있었다. 그러던 중 안산에서 개척교회를 하던 동기 최경일 목사의 딸이 지병으로 위독하게 되어 동기들 몇 명이 영동 세브란스 병원으로 위문을 가게 되었다.

장신대 신대원에서 공부할 때 열 명 정도 모여 기노 탑에서 기도하던 그룹이 있었는데 최경일 목사도 그중에 한 명이었다. 가능한 몇 명이 개포동에서 목회하던 박신기 목사 교회로 모여 함께 가기로 약속했다. 그때 함께 한 이들이 다섯 명인가로 기억된다. 그런데 차로 이동하던 중 박신기 목사가 뜻밖의 제안을 했다. 이번 주, 자기가 시무하는 한울교회에 와서 저녁예배 설교를 누군가 해달라는 것이었다.

자기는 청운교회 설교를 가기로 약속했고 최경일 목사가 대신 설교를 하기로 했는데 딸 때문에 최 목사가 금식기도를 하다 몸이 너무 안 좋아 못 오게 됐다면서 대신 설교를 해달라는 부탁이었다. 그런데 가능성이 있는 사람은 나뿐이었다. 그래서 담임목사님이신 문윤순 목사님과 상의해보고 허락하면 가겠다고 약속했다. 그리고 문 목사님 허락을 얻어 한울교회 강단에 섰다.

남자 집사님이 사회를 보셨는데 주일 저녁이어서 열 명도 안 되는 성도가 모였다. 예배를 마치고 집에 돌아오니 박 전도사에게서 전화가 왔다. 성도들이 은혜를 많이 받았다고 한다면서 나더러 한울교회에 와서 교회를 맡아달란다. 자기는 청운교회로 가기로 했다면서, 당시 청운교회를 개척하신 이준만 목사님은 부흥사셨는데 미국에 집회를 다니시다가 당분간 미국에 가 있을 동안 교회를 맡아 달라 해서 박신기 목사님이 목사 안수를 받자마자 청운교회를 임시로 맡아 들어가셨다. 이제 막 목사 안수를 받고 청운교회를 맡은 박 목사도 대단한 분이다. 교회를 맡아 주면 들어와서 미국에 보내주겠다는 조건이었는데 약속이 잘 지켜지지 않았지만 결국은 박 목사도 다른 길을 통해 미국으로 들어갔다.

당시 한울교회는 강북제일교회를 담임하시던 故 윤덕수 목사님 아래 박신기 목사가 전도사로 일하던 중 5천만 원의 개척자금을 교회에서 빌려주는 형식으로 강남에 사는 성도 중 원하는 이들과 함께 박 목사를 도와 일부 교인들과 개척한 지 1년 정도 된 상태였다.

개척교회가 쉽지 않아서 힘들어하다가 미국행을 결심하고 나에게 교회를 맡아 달라 하니 너무도 황당한 말이었다. 나는 동기 목사를 대신해서 빈자리를 때우러 간 건데 무슨 개척교회를 맡으라는 말인가? 개척교회를 하려면 기도도 하고 준비도 해야 하는데 당장 결정해야 한다니 나로서는 도저히 받아들일 수가 없었다. 그래서 나는 개척교회는 절대 못 한다. 개척교회는 내 체질이 아니다. 지금 다른 큰 교회 두 곳에 서류를 넣고 어느 곳을 갈까 기도 중이다. 거기서 더 훈련을 받은 후 기존교회로 가려 하니 두말하지 말라 거절했다. 사실 나는 아버님이 어렵게 목회하시는 모습을 지켜봤고 서울에 와서 이관영 목사님을 도와 남서울 제일교회를 섬기며 상처를 너무 많이 받았기에 개척교회라면 진저리를 쳤다. 그런데 박 전도사의 청은 너무도 간절했다. 내가 안가면 한울교회는 파산할 수밖에 없다. "개척교회도 교회인데 교회 파산해도 좋겠냐.

그리고 자기가 보기에는 이 목사가 한울교회 적임자다. 이 목사처럼 부드러운 성품의 목회자가 와야 이 교회가 산다. 그러니 딱 자르지 말고 기도해봐라"라고 계속해서 나를 설득하는 말에 갈등이 생겼다. 그래서 엎드려 기도했다. '하나님, 나는 가난한 지역에 들어가 어려운 이들과 함께 아픔을 나누며 살기를 원했는데 무슨 강남의 개척교횝니까? 나는 마음도 약하고 추진력도 부족해서 도저히 개척교회는 못합니다. 내가 개척교회 섬기며 얼마나 마음고생했는지 하나님은 아시잖아요. 난 못해요. 다른 이를 그리 보내세요.' 그럴 때마다 하나님은 내게 말씀하셨다. '그래 너 편하려고 큰 교회 부교역자로 가려느냐? 그 교회는 네가 필요해서 보내려는 것이니 딴소리 말고 그리 가라.' 결국, 나는 아버님께 자문을 구했다.

"나는 큰 교회로 가려는데 동기가 자꾸 그리로 나를 오랍니다. 어떻게 할지, 기도 좀 해주세요."

아버님은 즉시 말씀하셨다.

"그리 가는 것이 하나님 뜻이니 그리 가라."

결국, 나는 목사 안수를 받자마자 한울교회 담임목사로 갔다. 한 달 사례비 34만 원, 사택도 자비로 얻어야 하고 그 이상은 교회 재정으로 감당이 안 된단다. 그래서 700만 원 보증금에 15만 원 월세를 얻어 13평 아파트로 부모님과 막냇동생 명숙이 까지 7식구가 들어갔다. 교회 차도 없어 우리가 중고차를 사서 운영하고 아버님이 운전을 해주셨는데, 나중에는 형편이 안 돼서 11평으로 이사 가니 아버님이 도저히 불편해서 견디실 수 없다면서 광주 기도원으로 가셨다. 그리고는 쭉 안성 요양원에 머물다 돌아가셨다. 아들 목회 때문에 고생만 하시다 가셔서 생각하면 늘 마음이 짠하다.

당시 차들은 수동이어서 중고차를 사니 얼마나 고장이 잘 나는지 수리비에 기름값에 아내가 교사로 받는 월급을 가불해서 쓰고 월급날은 한숨을 쉬는 날이었다. 85년에 부임해서 92년 12월 지금의 한울교회 유치원을 분양받아 교회 뒤편에 작은 방을 내고 이사할 때까지 7년간 6번이나 이사했으니 그 고통은 말로 표현하기 어려웠지만 그런 생활은 별로 힘들지 않았다.

'예수께서 이르시되 여우도 굴이 있고 공중의 새도 거처가 있으되 인자는 머리 둘 곳이 없다 하시더라'(마8:20) 이 말씀이 그때 큰 위로와 힘이 되었다.

04

개포동 한울교회를 30년 목회하다

찰리 채플린
진정으로 웃으려면 고통을 참아야 하며, 나아가 고통
을 즐길 줄 알아야 해.

처음 한울교회 부임 후 노회나 시찰회에 갔을 때 은퇴를 앞두고 계신 목사님들을 보니 하늘처럼 높아 보였다. 나는 언제 저렇게 되나. 그런 연륜이 될 때까지 아무 사고 없이 은퇴하시는 분들이 존경스럽고 부럽게만 느껴졌다. 나도 저렇게 무사히 사명을 다 하고 은퇴할 수 있을까?

목회란 너무도 변화무쌍해서 언제 무슨 일이 터질지 알 수가 없다. 수많은 설교들과 심방, 다양한 사람들을 상대로 하는 일이어서 언제 무슨 일이 일어날지 아무도 알 수가 없다. 수많은 잘나가던 목회자들이 하루아침에 문제가 생겨 교회를 떠나거나 갑자기 쓰러지는 것을 보면서 늘 기도 제목은 '은혜 중에 사역을 잘 마치고 은퇴할 수 있게 해주세요.' 였다. 그런데 어느새 내가 하늘같이 모시던 어른들과 함께 은퇴 목사회에 나가게 되고 또 한 분 한 분 떠나보내

✓ 한울교회 목사 위임식에서 친척들과

게 되었다. 한 걸음 한 걸음 하루하루가 쌓여 어느덧 여기에 와 있는 것이다. 나는 이 모든 것이 하나님의 은혜라 생각하며 감사한다. 나 같은 바보가 무사히 은퇴했다는 게 기적이다.

어느 수요일 개포동의 30평쯤 되는 작은 교회당에서 강단 쪽에 칸막이하고 목양실을 만들어 예배 준비를 하고 있었다. 그런데 어느 젊은 청년이 들어와 기도한다. 10분, 20분, 도대체 어떤 사람일까? 한 사람도 구경 안 오는 예배실에 혼자 나와 기도하는 청년이 궁금했다. 기도를 마쳤을 때 다가가 인사를 했더니 자기 아버님이 방배 경찰서 수사과장이라면서 장로님이고 어머님은 권사님이시란다. 자기 누이동생은 피아니스트고 형님은 안수 집사로 종로에서 간판업을 크게 한단다.

그런 가정이 이 개포동으로 이사를 오게 되어 온 식구들이 함께 신앙생활 할 만한 좋은 교회를 찾고 있었는데 아버님이 알아보시더니 한울교회가 좋겠다며 젊은 목사님이 설교도 잘하고 목회도 신실하게 잘하는 분이라면서 이번 주에 등록하기로 했단다. 동생도 이 교회서 피아노 반주를 해주기로 했고 형님은 등록기념으로 교회 간판을 최고급으로 해드리기로 했단다(당시 우리 교회는 돈 아끼느라 내가 간판에 쓸 목재를 사다 양각으로 파서 만들어 걸어 놓은 상태였다).

그래서 어떤 교회인가 알아보러 와서 기도한 것이란다. 이후 간판을 어떻게 만들지 상의하잔다. 세상에 이런 일이⋯ 나는 그 말에 와이셔츠 차림으로 즉시 중고 봉고차를 몰고 따라나섰다. 그리고는 파고다 공원 앞 무슨 빌딩인지 모를 곳으로 가서 지하 주차장에 차를 대고 그가 가르쳐주는 호실로 찾아갔다. 차는 자기가 주차해 놓겠다 해서 맡겨놓고, 3층인가 4층인가 가르쳐준 사무실을 찾으니 그런 이름으로 된 사무실은 아무 곳도 없었다.

아차! 해서 뛰어 내려가 보니 차는 이미 사라지고 그의 그림자도 찾을 수가 없었다. 와이셔츠 차림에 토큰도 한 개 안 갖고 나왔는데 어쩌나, 할 수 없이 근처 종묘 파출소에 가서 신고하고 경찰이 주는 토큰 두 개를 받아 버스를 타고 오며 하염없이 울었다.

하나님은 나 같은 바보를 왜 목사를 시켜서 이런 꼴을 당하게 하시나! 이제 당장 내일부터 새벽기도는 어떻게 운행하며 이번 주 성도들은 어떻게 태워오나. 좀 더 신중히 생각했으면 사기에 안 넘어갈 텐데 그냥 장로 가정이 교회 등록한다는 말만 믿고 새 간판을 기증한다는 말에 감쪽같이 속아 넘어간 내가 너무도 한심스러웠다. 성도들과 교회에 뭐라고 얘기해야 하나, 그런데 그렇게 난감한 나, 그렇게 바보인 나를 하나님께서 불쌍히 여기셔서 김화남 장로님(당시 경찰청 차장)을 통해 보험회사에 연락해 보험금을 지급 받고 성도들의 헌금으로 새 차를 구입할 수 있게 되었다. 차를 사기당해 오히려 전화위복이 된 것이다. 생각하면 너무도 한심한 바보가 목회를 30년이나 할 수 있었음이 하나님의 은혜요 기적이다. 이런 바보 목사인 나를 지지해주고 밀어준 한울교회 성도들께 감사를 드린다.

 ✓ 한울교회 교패   ✓ 교회 표지석 앞에서 아내

05

은퇴 후 콩깍지교회에서 설교를 계속하다

괴테

꿈을 계속 간직하고 있으면 반드시 실현할 때가 온다.

나는 1948년생으로 만 70세까지 목회할 수 있는데 3년 일찍 은퇴했다. 만 67세에 은퇴한 셈이다. 사실은 65세에 은퇴하고 싶었지만, 아내가 섭섭해 해서 조금 더 길어진 셈이다. 남들은 70세가 되어서도 어떻게든 더 하려 하고 교단에 따라서는 본인이 원하고 성도들이 원하면 힘자라는 데까지 더 할 수 있다. 말로는 은퇴한다면서도 실제는 강단을 놓지 못하고 3부 예배를 끝까지 고수하는 목사들도 있다. 워낙 인지도가 높아 그분이 강단에 서야 교회가 안정되기 때문인 분도 있다. 하지만 그건 과욕이다. 사람은 내려올 때가 되면 기꺼이 자리에서 물러나야 한다. 수많은 신학생이 졸업 후 갈 자리가 없어 무직인 이들이 많은데 내가 세운 교회니 내가 이끌어야 한다는 생각은 얼마나 지나친 과욕인가. 은퇴하고도 하나님이 허락하시면 할 일들이 있지 않겠는가? 그래서 나는 나의 남은 생애를 하나님께 맡기고 기꺼이 물러났다.

그리고 그해 여름 콩깍지교회 예배가 시작되어 내가 설교자로 담임을 맡게 되었다. 한라건설에 다니던 아들 이시온 집사가 건설업의 불경기로 아울렛 시장에 진출하려는 회사 정책에 의해 가산동 현대 아울렛으로 발령받아 근무하는 중 신우회를 조직하고 함께 모임을 만들어 직장선교를 위해 예배를 드리기로 한 후 은퇴한 내게 예배 인도해줄 수 있느냐 물어왔다. 나는 바로 이것이 조기 은퇴 후에 하나님이 내게 주신 은혜의 기회라 여기고 기쁘게 승낙했다. 마침 건물 관리를 맡은 책임자(고무석 집사)가 적극적이어서 아울렛 회사 교육실에서 일과가 시작되기 전 9시에 모여 집회를 시작했다. 10시에 가게를 개점해야 해서 일찍 예배드리고 간단히 간식한 후 일과를 하게 되어 예배는 40분 이내에 끝내야 했다. 촉박한 시간이지만 참석한 이들은 열정이 있었고 은혜의 시간이었다. 처음 모임을 시작한 이들이 사정에 의해 많이 이직했는데 그때가 그립고 그분들 모습이 그립다. 그때부터 지금까지 모임을 위해 수고해주신 고무석 집사님과 이갑성 집사께 감사를 드린다.

나는 콩깍지교회에서 예배를 드린 후 아내와 함께 부지런히 한울교회로 가서 찬양대를 섬겼다. 아울렛 성도들이 한 시간 일찍 예배에서 나와야 한다는 부담감 때문에 다른 날짜로 옮기기를 원했다. 성도들과 상의 후 목요일 점심시간인 1시에 모이기로 정했는데 문제는 그 시간에 직원들이 일제히 식사를 위해 엘리베이터를 이용하기에 18층 교육실을 이용하기 어렵다는 것이다. 우리는 외부에서 장소를 찾다가 고집사님이 잘 아는 집사님이 운영하시는 카페에서 예배를 드리기로 결정했다. 간단히 예배드리고 카페에서 식사하기로 한 것이다. '빈 앤 호프'라는 카페인데 그곳이 콩깍지교회의 제2기 모임이라 할 수 있다.

✓ 콩깍지교회 카페 세례식 예배 사진

콩깍지교회라는 이름도 시작은 '현대 아울렛 교회'였는데 아울렛 밖에서 예배를 드리기에 변화가 필요해서 카페 이름 빈(bean 1. 콩 2. 열매, 콩 (특히)강낭콩: 콩의 깍지)에서 따온 것이다. 기도 중에 콩이 익어 사람들에게 유익을 주듯 우리 성도들 신앙이 성숙해서 많은 이들을 구원하는 교회를 이루자는 뜻도 있고, 무언가에 사랑에 빠질 때 눈에 콩깍지 씌웠다는 표현을 쓰듯이 하나님의 사랑에 빠져 예수님께 콩깍지가 씌워진 사람들의 모임이라는 뜻이다. 교회 이름이 너무 경박스럽다는 이들도 있지만, 의미를 들은 이들은 대부분 아주 특이한 이름으로 잘 지었다 한다. 이곳에서 1년 이상 모이는 동안 수고해주신 김채옥 집사 내외의 사랑과 헌신을 잊을 수가 없다.

카페에서의 모임은 사업상 모임 장소를 그곳에서 계속할 수가 없어 또 다른 장소를 찾다가 아울렛 6층에 사무실을 임대해 모이게 되었다. 그곳은 예배 장소로 참 좋은 곳이었는데 코로나로 집회가 제약을 받게 되고 사무실을 다른 용도로 사용하게 되어 음식점에서 모이다가 다시 외부 모임도 금지되어 코로나가 끝날 때까지 성남 소망교회에서 사역자들 중심으로 모임을 갖고 있다. 그래도 멀리 양주에서, 용인에서, 수원에서, 하남에서 모여 주는 귀한 사역자들이 눈물겹도록 고맙다. 은퇴하거나 현역인 교역자들이 시간

✓ 음식점 예배 사진　　　　　　　　　✓ 성남 소망교회 예배 사진

이 있다고 모이겠는가. 직장선교를 위해 세워진 콩깍지교회가 사명을 감당하는 날이 오기를 기도하면서 함께 매주 모여 예배를 드리는 것이다. 귀한 교회를 세워주시고 6년간 함께 해주신 하나님과 사역자들, 우리 콩깍지교회 성도들께 깊은 감사를 드린다.

나는 행복한 바보 목사입니다

06

30년 목회의 애환과 보람

탈무드
강한 사람이란 자기를 억누를 수 있는 사람과 적을 벗
으로 바꿀 수 있는 사람이다.

30년 목회하는 동안 여러 번 아픔을 겪었지만, 그중에 가장 큰 아픔 하나만 적는다. 내가 믿고 사랑했던 사람이 내 등에 비수를 꽂는 슬픈 일이 일어났기 때문이다. 사탄이 역사하면 하루아침에 잔잔하던 물결에 파도가 인다. 내가 성수동 신양교회 전도사로 시무할 때 직장도 안 나가고 집에 머물며 매일 술에 취해 폐인으로 살아가는 사람이 있었다. 명색은 집사라지만 이름뿐 가정의 아픔이요 가시와 같았다. 아내가 집사로 호텔에 나가 일하며 아들 둘 딸 하나 가족을 부양하는 어려운 상황이었다. 나는 그분이 신경쓰여 자주 들러 위로해주고 나도 어렵지만, 라면도 사다 주고 고기도 사다 주며 기도해주었다.

그러다가 개포동 한울교회로 부임해서 일절 소식을 끊고 지냈다. 내가 개척교회를 어디서 하는 걸 알면 내가 담당했던 구역의 성도들이 흔들릴지 모르기 때문이다. 그렇게 되면 목회 윤리상 문제가 된다. 그 후 몇 달이 지났을 때 오후 예배에 그들 부부가 은마상가 3층 교회로 나를 찾아왔다. 당시 교회는 은마상가 3층에 세 들어 있었는데 주일이면 상가 전체가 문을 닫아 미로처럼 어둠 속에서 헤매야 하는 상황이었다. 그런데 어떻게 거길 알고 찾아왔을까. 두 분의 말은 내가 떠난 후 너무 허전하고 힘들어 몇 달을 교회에 안 나갔는데 교회는 자기들에 대해 아무 관심도 없고 심방도 없었다고 했다.

교회 사무실에 물어도 내 연락처를 안 가르쳐줘 노회에 물어 찾아왔다고 했다. 어떻게 그런 머리가 있었는지, 그러면서 자기들이 이 교회로 나오고 싶으니 받아 달라 하며 너무 큰 은혜를 입어 평생을 곁에서 오른팔이 되어 잘 모시겠노라 했다. 여러분 같으면 어찌했을까? 나는 그분들을 받아주지 않을 수가 없었다. 교회 안 나가도 관심도 안 준다며 물어물어 찾아왔는데 어찌 거절하겠는가? 두 분은 성수동에서 교회를 다니다가 형편이 나아져 평촌 아파트로 이주했다.

집사님은 엎치락뒤치락을 거듭하며 점점 나아지더니 한울교회 초대 장로가 되었다. 그리고 재정부장으로 세워졌다. 직장은 여전히 나가지 않았고 주일날 교회에 와서 예배를 드리고 나면 재정부원들과 모여 헌금을 계수하는 일이 큰 보람과 자랑이었다. 그분은 이 일이 자기 적성에 맞는다며 수시로 자기가 평생 재정부장을 해야겠다고 내게 말하곤 했다. 그렇게 몇 해가 지났을 때 재정을 맡은 집사님이 심각한 얼굴로 그 장로님 재정부장을 계속하면 안 되겠다 말했다.

다 같이 모여 계수하는 동안 계속 재정부원들에게 자기 권위를 주장하며 목사도 재정부장인 내게 허락받고 돈을 써야 하는데 허락도 없이 돈 쓰고 사후 주일에 사무원을 통해 재정부장에게 인준을 받는 것은 잘못된 것이라 계속 반복해서 말하니 자기들이 너무 불편하다는 것이다. 그동안 나는 재정에는 일절 간섭하지 않고 지출이 필요하면 사무원이 회계와 상의해서 지출하고 주일에 재정부장에게 사인을 받도록 하는 체제였다. 나는 나중에 결재서류를 보고 사인만 하는 상태로 아무 문제 없이 재정을 운영해왔는데 재정부장이 이의를 제기한 것이다.

그래서 주일에 장로를 만나 교회에서 세운 예산에 따라 필요한 수리가 필요하면 수리비를 사무원이 회계와 상의해 지출하고 주일에 재정부장은 예산대로 잘 집행이 되었는지 잘못되었는지를 확인하면 되는 것이지 목사가 일일이 장로에게 이 돈을 지출할까 말까 물어서 지출하는 게 아니라 답해줬다. 그런데도 장로는 계속 주일마다 똑같은 주장을 되풀이해서 재정부원들이 너무 힘들어했다. 결국, 나는 한해를 마감하게 되었을 때 새로 각 부서장을 임명하면서 재정부장을 바꿔야겠다고 본인에게 양해를 구했다.

그랬더니 불같이 화를 내며 "내가 재정부장을 평생 하겠다고 말하지 않았느냐 그럼 나도 가만 안 있겠다." 큰소리를 쳤다. 그래서 나는 "그럼 말없이 잘해야지 자꾸 목사에 대해 불평을 하면 안 되지 않느냐 그렇게 되면 우리 사이가 벌어지게 되니 더이상 관계가 나빠지기 전에 재정부장을 바꾸는 게 좋겠다." 말했다. 그러자 그는 그러면 칼로 찔러 죽이겠다며 대들었다. 자기가 젊었을 때 유명한 마포 삼 형제라는 깡패였는데 그 삼 형제들이 마포 입구 술집에서 술을 마시면 끝까지 아무도 막을 사람이 없었다면서 팔뚝에 문신을 보여주며 나한테 걸리면 죽는다며 협박했다.

나는 이상하게 그런 협박에는 끄떡도 하지 않는다. "장로가 목사를 칼로 찔러 죽이면 죽는 거지 별수 있냐. 그런데 그럼 당신은 어떻게 되겠냐. 형벌을 받게 되고 지옥에 갈 텐데 어쩌자고 그러냐"라고 하자 그는 "나는 지옥 갈 준비가 돼 있다"며 큰소리쳤다.

"그래 내가 무슨 잘못을 했느냐. 장로님 보기에 내가 교회 돈을 횡령했다고 생각하느냐?"

"그건 절대 아니다. 목사님 정직한 건 내가 다 안다. 그리고 교회 돈 한 푼도 아끼려 애쓰는 거 다 안다."

"그럼 됐지 왜 자꾸 불평을 말하느냐. 그러니 우리의 관계가 더이상 바빠지기 전에 재정부장을 바꾸려는 거다."

"그건 절대 안 된다. 난 죽는 날까지 재정부장을 해야 한다."

나는 행복한 바보 목사입니다

결국, 우리는 더이상 대화가 안 되어 연말에 재정부장을 다른 이로 교체했다.

이후 새해 들어 교회에서 성지순례를 보내줘 아내와 함께 장신대에서 모집하는 성지순례 여행을 떠났다. 떠나기 전 장로님께 전화했다. 너무 섭섭해 하지 마시라고. 옛날의 좋은 관계로 다시 돌아가자고. 그리고 내가 없는 동안 장로님이 교회를 잘 관리해달라고 했다. 그는 아주 좋은 목소리로 걱정하지 말고 잘 다녀오시라 인사를 했다. 나는 감사한 마음으로 성지순례를 잘 마치고 돌아왔다. 그리고 주일예배를 마치고 사무실에 있을 때 권사님 한 분이 걱정스러운 얼굴로 나를 찾아왔다. 그분은 조용하고 말없이 교회를 섬기는 분이셨는데 웬일인가? "목사님 걱정하실까 봐 예배 마칠 때까지 기다렸어요." 하시면서 재정부장이셨던 장로님이 목사의 열 가지 잘못이라는 내용으로 성도들에게 서류를 만들어 돌렸다는 것이다.

그리고 그 서류를 노회에도 보냈다고 했다. 내용은 '이 목사가 재정부장인 자기를 무시하고 자기 허락 없이 함부로 교회 돈을 지출했다. 성도의 가정에 심방 가서 상처 주는 말을 했다. 교회 유치원 원장에게 모든 것을 맡기고 감사를 제대로 하지 않아 유치원장이 제 맘대로 운영하며 돈을 착복한다.' 대략 이런 내용이었다. 내가 전화를 걸어 이 서류를 장로님이 보낸 거냐고 묻자 장로는 그렇다고 답했다. 나는 그러지 말고 만나자고 했다.

장로를 만나니 "지금이라도 나를 재정부장 시켜라. 안 그러면 끝까지 목사님을 매장시키겠다"라고 말했다. 아무리 얘기해도 막무가내였다.

"어쩌다 장로님이 이 지경이 됐냐. 전에는 술을 먹었어도 나한테 너무 순한 양이었지 않냐."

"나도 잘 모르겠다. 내가 목사님께 이러면 안 되지 마음을 다잡아도 나도 모르게 속에서 화가 끓어올라 그런 행동을 하게 되는데 나는 지옥 갈 거다."

세상에. 자기 입으로 사탄이 자기를 잡고 있어서 지옥으로 간다 말하니 무슨 할 말이 더 있겠나? 결국, 시찰위원회에서 한울교회 문제 수습을 위한 회의가 열리고 나는 교회 장로님 한 분과 함께 가서 해명하므로 우리 교회 문제는 노회나 시찰회가 나서지 않고 교회 스스로 해결하도록 결정됐다.

교회는 이 일로 시끄러워져 대부분 성도들이 장로를 치리해야 한다고 들끓었다. 나는 교회 대표들을 모아 선포했다.

"나는 결코 장로에 대해 치리를 하지 않을 것입니다. 하나님의 사랑을 말하는 목사가 장로가 목사에게 잘못했다 해서 장로를 치리해서 면직하고 내쫓으면 어떻게 강단에서 하나님 사랑을 말하고 용서를 말하겠습니까? 그렇게 되면 나는 더 이상 강단에서 설교를 못 합니다. 자기를 십자가에 못 박는 무리들을 위해 사죄의 기도를 드리신 예수님 모습을 본받는 것이 우리가 해야 할 일입니다. 이 일에 대해서는 더 이상 말하지 맙시다."

그리고는 교회를 안 나오는 장로에게 나오라 권면하고 심방을 가겠다니까 심방 절대 사절이라면서 만일 집에 오면 경찰에 신고해서 무단 침입 죄로 잡아가게 하겠다고 했다. 그래도 찾아가서 기도해줬지만, 그는 교회를 나오지 않다가 얼마 후 미국에 유학 간 딸을 통해 미국 이민을 갔다. 그리고 몇 해 후 한국에 왔을 때 나를 찾아와 자기가 잘못했다 말하며 자기가 미국에서 장로로 일하며 엉터리 교인들을 잘 가르치고 있다 했다.

그분은 양복기술자였는데 미국에서 수선소를 차려 돈을 잘 벌고 있다고 했다. 한국에서는 무직자였는데 차라리 잘 된 것이다. 슬픈 이별이었지만 후에라도 화해할 수 있어 얼마나 감사한지 모르겠다. 그분의 남은 생애에 하나님 축복이 있기를 기도한다.

이 슬픈 이야기를 바보 목사의 승전보로 나의 역사에 기록을 남긴다. 목사가 바보 되면 하나님이 그 바보를 돌봐주신다. 그대로 두면 쓰러지니까….

07

주는 목회만 하다 은퇴한 이야기

행 20:35

범사에 여러분에게 모본을 보여준 바와 같이 수고하여 약한 사람들을 돕고 또 주 예수께서 친히 말씀하신 바 주는 것이 받는 것보다 복이 있다 하심을 기억하여야 할지니라.

나는 선천적으로 주는 은사를 타고났나 보다. 어릴 적 죽마고우인 조태복이라는 친구가 나와의 추억을 자기 카페에 올렸고 그 글을 동생이 발견해서 알게 되었다. 난 다 잊었는데 어찌 그리도 머리가 명석한지, 그의 글에 의하면 난 정말 어처구니없는 바보였다. 아래 그가 올린 글 중의 일부이다.

'형우와 나는 단짝 친구'
(2017. 10. 19 / 출처: 카페 신촌 다리 옥산 다리 | 호밀밭)

형우를 처음 만난 건 1954년 봄이었다. 옥산국민학교에 같이 입학한 것이다. 우리 집에서 형우 네 집은 먼 오리, 가까운 십리 길이다. 우리 집에서 큰 둑을 넘고 냇가의 쪽 다리를 건넌 다음 뚝 방에 올라서서 왼편으로 보면 한 300m 정도 될까, 그곳에 외딴집이 평화롭게 보이는 곳이 형우 네 집이다. 우리 집과는 동떨어져 있는데도 같은 '신촌리'였다. 형우와 나는 금세 친해지기 시작했다. 학교 끝나고 집으로 가는 길에 형우네 집을, '풀 방구리 쥐 드나들 듯했다.' 형우 아버지는 목사님이셨는데 목회활동을 하셔서 집에 잘 오시지 못했다.

어머님도 교회의 일로 타지에 많이 계셨고, 집에는 하얀 머리와 하얀 수염의 양치는 할아버지가 할머니와 계셨다. 집은 자연 그대로의 나무와 흙으로 지은 집이었고 집 옆 가까이엔 연못이 있었는데 고기들을 넣어서 형우와 동생들은 양어장이라 불렀다. 형우는 몸이 호리호리하고 키가 작았다. 초등학교에 한 살 어린 일곱 살에 들어갔던 탓이다. 형우는 한없이 마음이 따뜻하고 착했다. 1954년 어느 날이었다. 형우는 초등학교 1학년 1반이었고 담임은 '이영재' 선생님이셨다.

형우가 헐레벌떡 매우 숨차게 학교에 도착한 후 손에 무언가 예사롭지 않은 것을 선생님께 드렸다. 평소 학교에서 마루 청소할 때 양초를 칠한 적도 있고 곱돌을 칠한 적도 있었다. 둘 다 대단히 미끄러웠다. 그런데 어느 날 마룻바닥에 기름을 칠하게 되었는데, 집에서 식용유를 가져와야 하는데 참깨는 비쌌고 그래서 들기름을 가져 왔다. 당시 어려울 때라 들기름을 집에서 가져오기가 쉬운 일이 아니었다. 그래서 작은 병. 안약 병이 제일 작다. 그 안약 병에 기름을 다 채우는 것도 아니다. 그 속에 솜을 잔뜩 넣은 뒤 들기름을 붓는 것이다. 들기름 묻은 솜으로 교실 바닥과 마루를 닦는 거였으니까. 그런데 형우가 집에서 가져온 것은 기름이 꽉 찬 커다란 됫병이었다.

한 손으로는 도저히 엄두도 안 나는 두 손으로 무겁게 들어야 하는 무게였다. 병을 형우는 선생님께 내밀며 이렇게 말했다.
"야유, 이거 선생님 가져유!"
아이들은 무슨 영문인지 몰랐지만, 선생님은 이미 짐작하시고 계시는 것 같았다. 형우가 그냥 집에서 들고 왔을 거라는 것을! 그리고 한 시간도 채 안 되었을 때 누군가가 교실 문을 두드렸는데 형우 할머니셨다.

"야가 기름 짜 논 것을 가져 왔어요. 선상님!"

나는 그때 속으로 형우가 대단하다고 생각했다. 선생님을 그토록 생각할 수 있을까? 순간 나도 뭔가 집에서 가져올 것이 없나 하고 생각을 해 봤었다.

그런 일이 있고 난지 얼마나 됐을까? 형우가 또 선생님께 다가가더니

"야유, 이거 선생님 가져유!"

순간 선생님이 깜짝 놀라셨다. 형우는 커다란 돈다발을 들고 있었다. 선생님이 조용히 말씀하셨다.

"형우야, 이거 어디서 났지?"

"집에 있는 거 갖구 왔어유."

아니나 다를까 할머니가 헐레벌떡 나타나 선생님께 말씀했다.

"양 판 돈이 없어져서."

아무튼, 학교에서 특별했던 일이 일어났다면 그 건 형우와 관계되었다. 몇 년 전에 형우를 만나 이 이야기를 꺼냈더니 형우는 계속 웃고만 있었다.

"내가 그랬어? 하하하. 내가 그랬어! 하하하."

3학년 때도 1반으로 담임이 이문의 선생님이셨다. 당시 거의 대부분 학생들의 책가방이란 책을 보자기로 싼 책보였는데 형우는 가방을 들고 다녔다. 가방은 책보에 비하여 보기도 좋았지만, 안전성도 있고 물건도 책보보다 훨씬 많이 넣을 수 있다. 형우는 남들에게 주는 것을 좋아했는데 다른 친구들이 형우에게 바라는 물건은 고구마였다. 등교 때마다 책가방에 가득히 고구마가 들어 있어서 가방은 무거웠다. 형우는 언제나 가방이 배불렀고 반 아이들은 날고구마를 먹어 입술이 보랏빛이 감돌았다. 역시 형우는 성장하여 우리 조카 말대로 하면 '목삼님'이 되었다. 정말 그렇게 될 줄 알았다. 하나님이 특별히 사랑하시는 이형우 목사! 그리고 내 잊을 수 없는 친구!

위의 이야기가 지어낸 글은 아니고 사실이라 믿지만 맨 아래 고구마 이야기는 확실히 맞다. 당시 생활이 어려워 굶고 오는 친구들이 있어 내 딴엔 고구마라도 먹여줄까 하고 거의 매일 한 가방씩 가져다주다가 어머님께 들켜 여러 번 야단맞았다. 어려서부터 어려운 이들을 도와야 한다는 신앙이 몸에 배고 체질이 되어서였을 것이다. 오죽하면 나는 가난한 이들과 어울리며 그런 이들을 돕는 목회를 하고 싶다고 다짐하고는 했을까. 그런데 하나님은 나를 당시 부자들이 모여 사는 개포동으로 보내시고 거기서 목회를 하게 하셨다. 당시 주보에 실은 교회 실천 목표는 '예산의 50% 이상을 어려운 이들에게 나누는 교회'였다. 물론 교회 형편상 실천은 어려웠어도 그 정신만은 잊지 않았다.

동네 주민 전체가 참여하는 바자회를 아파트 중앙통로에서 열어 그 수익금들을 어려운 이들과 교회를 돕는 일에 써서 불신 주민들도 교회를 칭송하며 교회를 가려면 저런 교회에 가야 한다고 전도를 해주었다. 당시 바자회를 성공적으로 진행하는 평촌교회를 방문해 자료들을 받아 미리 한 달 전부터 각 부서 담당자들을 조직하고 진행했다. 전도 축제인 해피데이든 새벽기도 총진군이든 모든 교회 행사는 조직만 잘하면 아주 쉽다. 내가 은퇴할 때까지 그 일은 계속되어 마치 동네잔치처럼 되었고 성도들 가족, 친지들을 불러서 함께 먹고 즐기는 축제가 되었다. 지금도 동네 주민들은 그때가 좋았다고 말한다. 두 달 전부터 미리 각 코너 담당자들이 모여 회의를 거듭하고 물건들을 모아들이고 식사준비를 하고 전 교인들이 일사불란하게 움직였던 그때가 꿈만 같다. 20년간 매년 함께 수고하며 애쓴 한울교회 모든 성도들께 깊이 감사를 드린다.

개포동 2단지 안에 교회가 정착되어 한창 부흥할 때 유치원을 접게 되었다. 좋은 사람을 세워 운영하기도 어렵고 1단지에 유치원이 있는데 바로 옆에 유치원을 두고 경쟁할 이유가 없었다. 그래서 유치원이라는 건물 용도를 근린상가로 바꿨다. 근린상가는 교회든 학원이든 자기 사업이든 마음대로 할 수 있기 때문이다. 그러고 나니 부동산에서 하루는 연락이 왔다, 어떻게 알았는지 근린상가로 되어있는데 유치원을 안 하면 건물을 팔고 더 좋은 곳으로 이사하면 어떠냐? 40억을 받아주겠다. 세상에. 40억이면 분양가의 거의 열 배로 뒤로 넘어갈 금액이다. 당시 은마 아파트 30평대가 3천만 원이면 샀는데 이건 얼마나 엄청난 금액인가. 교회가 아파트 안에 갇혀 밖에선 보이지도 않는 데다 공간이 작아 더 이상 부흥이 어려운데 이 얼마나 기막힌 제안인가.

나는 이 일을 혼자만 가슴에 두고 기도를 했다. 40억이면 성남이나 하남, 분당 쪽으로 가면 대형교회를 이룰 수 있다. 수천수만 명 모이는 대형교회. 그건 얼마나 엄청난 일인가? 그렇게 되면 노회장은 물론이고 잘하면 총회장도 될 수 있다. 많은 목회자들이 꿈꾸는 소위 목회 성공자로 이름을 날리게 되는 것이다. 당시는 교회 크게 짓고 설교 좀 잘하면 쉽게 부흥되는 시대인데 나도 할 수 있을 것 같았다. 여러분 같으면 이럴 때 어떤 결정을 할까? 나는 며칠을 고민하며 생각하다 꿈을 접었다. 우선은 가난한 1단지 영세민 성도들을 두고 욕심을 위해 떠날 수가 없었다. 그분들은 매일 일터에 나가 거의 사투를 벌이며 살고 몸이 병들어 멀리 가기도 힘든 이들이 대부분이다. 몸이 힘든데 교회 버스로 실어 나른다고 멀리 갈 수가 있을까. 대부분 떨어져 함께 갈 수가 없다. 그건 가난한 이들을 위해 목회하겠다던 애초의 마음을 버린 변심이요 가난한 이들에 대한 배신이다. 함께 교회를 위해 기도하던 그들의 마음이 얼마나 상심되고 상처가 될까. 그럴 수는 없다.

또 하나의 이유는 유럽의 교회들을 둘러본 결과 앞으로 한국교회도 30년 이내에 그들 교회처럼 텅 빈 껍질이 될 것이다. 그들의 교회는 얼마나 엄청나고 화려한가, 외부부터 우리나라 교회들과는 비교가 안 된다. 돌들로 조각조각 작품들을 만들어 붙이고 내부에도 한결같은 명작들이 가득 차있다. 천장 높이가 하늘을 찌르는데 들어가면 저절로 고개가 숙여진다. 그런데 교회당 안엔 노인들만 몇 명 앉아 있고 젊은이들은 그림자도 보이지 않는다. 산으로 들로 야외로 여행으로 인생을 즐기러 나간 것이다. 주 5일 근무제로 놀러 나가느라 아이들과 청소년 교육에 실패했기 때문이다. 한국교회는 괜찮을까. 아니다. 머지않아 유럽의 전철을 밟게 되고 교회는 텅 비게 될 것이다. 성도가 없는데 무슨 수로 대형교회를 유지하게 될 것인가. 그런 어리석은 짓은 하지 말자. 그냥 여기서 내 분수에 맞게 어려운 이들과 어울리며 설교하며 구제하는 일에 최선을 다하다 마치자. 그게 하나님이 내게 주신 은사요 달란트다.

그래서 나는 힘써 주고 베푸는 일에 힘썼다. 어려운 교회 교역자들이 교회에 오면 많지는 않지만, 여비를 드리고 위로해 드렸다. 남루한 옷을 입고 찾아오면 양복점에 연락해서 옷을 맞춰 드렸다. 제주도 감귤이나 물건을 가지고 와 팔아 달라 하면 기꺼이 팔아주었다. 차가 필요한데 도와 달라 하면 교회에 광고해서 성도들이 1년 약정을 해서 보내주고 교회 수리비가 필요하면 그런 방법으로 도움을 드렸다. 선교사님들이 다녀가려고 한국에 오면 먼저 한울교회에 들린다. 설교 강사사례비와 함께 오후 예배 참석한 이들이 헌금해서 드리기 때문이다. 나는 설교 하지 말고 선교지에서 어려운 점을 말해 달라 한다. 성도들이 감동해야 주머니가 열리기 때문이다. 그래서 한울교회 오후 예배는 거의 대부분 선교사들의 선교보고 예배로 드렸다. 때로 성도들이 너무 선교사님들 자주 오셔서 헌금하면 성도들이 부담되지 않겠냐 걱정하면 그러면 안 하시면 된다. 하고 싶은 분들만 하고 선교사님 식사 한 끼 대접해드리는

마음으로 하라 했다. 그분들은 위로가 필요한 분들인데 언제 개인
적으로 선교사를 대접하겠나. 이런 기회에 대접하는 마음으로 헌
금해드리면 선교사님들 힘을 얻고 천국에 상급이 쌓인다 했다. 참
감사한 것은 한울교회 성도들이다. 자신도 살기 힘들 텐데 열심히
헌금에 참여한다. 눈물겹게 헌금한 그분들께 하나님의 상급이 반
드시 있을 것을 믿는다. 나는 30년 동안 주고 베푸는 것을 기쁨으
로 여기며 살아왔고 그것이 나의 목회 보람이었다.

✓ 한울교회 바자회

바보 목회가 오히려 더 행복한 목회였다

빅토르 위고
인생에서 최고의 행복은 사랑받고 있다는
확신을 갖고 있을 때이다.

누군가 내게 그동안의 목회를 한마디로 말해 달라 물으면 나는
서슴없이 "바보 목회였어요"라 대답한다. 이만큼 살아낸 것 자체가
기적이요 은혜다. 고등학교 졸업 후 나는 대학 진학을 꿈도 꿀 수
없었다. 할아버님이 다른 건 앞서가셨으면서도 배움에 대해서는 극
히 부정적이셨다. 많이 배우면 인간 도리를 못하게 된다는 생각을
품고 계셨다. 외아들을 열심히 남들 못 가는 대학까지 보내 가르쳤
더니 목사가 되어 자식들도 안 돌보고 내팽개치고 돌아다닌다는 생
각 때문이다. 할아버님도 당시 목회자가 얼마나 어려운지 상황과 애
환을 잘 알지 못하셨던 것 같다. 그래서 일찍 사회로 나가 자기 일
에 성실하게 사는 것이 바른 인간이 되는 길이라 늘 강조하셨다. 그
래서 남들처럼 어려워도 대학에 간다는 건 아예 말도 꺼낼 수 없게

하셨다. 중학교도 보낼 필요가 없다 하셨으니 말해 뭐하랴. 신문 배달도 그렇게 자수성가로 시작한 일이었다. 동생들도 나중에야 스스로 공부를 할 수 있었다.

남들은 어려운 형편에서도 대학 들어가 졸업들을 잘 해내는데 왜 나는 그런 생각조차 하지 못했을까? 어려서부터 타고난 목소리와 늘 부르는 교회 음악 분위기에 성악을 해보고 싶다 생각했었고. 초등학교 2학년 때 생긴 학급문고 덕분에 책 읽기를 좋아해서 국문학을 하고 싶다는 희망 사항은 있었으나 누구 한사람 조언해주는 이도 없어 흘러가는 대로 살다가 그냥 입대했고 그렇게 신학을 하기로 결심해서 출판사에 다니며 새문안교회에서 하는 야간 신학교에 입학했다. 1974년 내 나이 27세 때다. 군대에 갔다 왔으니 이제 막 고등학교를 나온 이들보다는 조금 늦은 나이였다.

나의 신학은 서울에 올라와 봉천동 남서울 제일교회에서 봉사하던 중 장석교회 원로 이용남 목사님 아버님이신 이관영 목사님 부인이신 이신성 사모님의 적극적 권면 때문이었다. 내가 서울에 올라온 것을 어떻게 아셨는지 이관영 목사님이 내게 전화를 주셨다. 이 목사님이 온양 제일교회 담임목사로 계실 때 아버님이 부교역자로 계시다 온양 제2 교회 담임목사로 가셨다.

"네가 서울로 왔다는 말을 들었다. 우리 교회로 와서 나를 좀 도와다오."

나는 고민 끝에 이 목사님 부탁으로 교회를 옮겨 집사로 열심히 봉사하게 된다. 어느 날 사모님이 부르시더니 내게 신학교를 가라 하신다. 신학을 하겠다고 서울에 올라왔지만, 출판사 일에 매달려 차일피일하며 미루고만 있을 때였다. 사모님은 기도를 많이 하시는 분으로 자신이 기도하는 중에 하나님 뜻을 받아 권하는 일이라는데 어찌 더 반대하랴, 나는 말씀에 순종하여 신학교에 입학했고 중고등부 교육전도사로 일하게 된다. 이 목사님과 사모님께 깊은 감사를 드린다.

이렇게 교육전도사를 시작한 나는 2년 후 고향 옥산에서 전농동 성덕교회 청년부와 아동부 교육전도사로 가게 되었다. 같은 황해도 피난민으로 조부님과 부모님, 어른들끼리 가까운 사이였던 이세호 목사님의 인도로 옮기게 되었는데, 나는 이세호 목사님의 은혜를 결코 잊을 수가 없다. 목회를 하려면 한 교회에만 있어서는 안 되고 몇 군데 다니며 목회를 배워야 한다면서 신학교 동기인 박성진 목사님께 나를 소개하며 길을 열어주신 것이다.

당시 이세호 목사님의 기도를 잊을 수가 없다. 상담을 마친 후 기도를 자청하시더니 "오늘 하나님의 뜻으로 이형우 전도사를 성덕

교회로 보내주심을 감사합니다. 이곳에서 목회를 잘 배워 훌륭한 목회자가 되게 하여 주시옵소서. 아멘" 박성진 목사님도 아멘 했으니 어쩔 수 없으셨을 게다. 웃으시던 모습이 눈에 선하다.

나는 그곳에서 이 목사님 소개에 실망시키지 않으려고 최선을 다했다. 성남에서 토요일이면 제2 청년부를 지도하러 달려갔고 주일이면 아동부를 지도하고 찬양대까지 봉사했다. 당시 성덕교회는 뜨겁게 불타는 교회였고 교회학교는 앉을 자리가 없을 만큼 모여들었다. 여름성경학교에는 바닥에 신문지를 깔고 앉았으니 지금 생각해도 너무 행복한 목회 시절이었다. 나는 박성진 목사님에게서 무리하지 않는 성실한 목회를 배웠다. 교회를 건축해도 1층을 무리 없이 짓고 나서 여유가 되면 2층을 짓는다는 식으로, 당시는 믿사오니 라며 교회 크게 지어 문제 되는 교회들이 많았는데 이런 깨우침이 내게 얼마나 감사한 일이었는지 모른다.

그렇게 2년을 봉사한 내게 이세호 목사님은 다시 한 번 교회 옮기기를 권면하셨다. 그리고는 이번에도 차를 태워 성수동 신양교회로 데리고 가셨다. 역시 신학교 동기 목사님이신 문윤순 목사님에게로, 문 목사님은 군목 출신으로 흔들림 없는 꼿꼿한 자세로 목회하신 분이시다. 자신이 정한 원칙을 절대 깨지 않으시고 잘못되면 호되게 야단을 치셔서 대부분 부 교역자들이 아침 조회시간을 어렵게 생각했다. 성도들께도 잘못되면 혼을 내셨는데 그러고 나면 사모님이 달래주시는 목회였다. 감사하게도 나는 거의 야단 맞은 일이 없다. 당회를 해도 그 성격이 여전해서 고지식한 장로님들과 갈등을 빚으셨다. 이 교회서 나는 전임전도사로 청년부와 심방을 맡았는데 목회의 경험을 쌓는 너무 좋은 기회였다. 강직한 문목사님과 부드러운 사모님의 모습을 잊을 수가 없다.

목회자 중에는 외적인 것에 행복의 기준을 두는 이들도 있다. 그런 것이 행복의 기준이라면 사업을 하거나 직장 생활을 하지 목회자가 될 필요가 있겠는가. 나는 어려운 이들과 함께 조금이라도 고통을 나누고 주고 베푸는 것이 행복이라 생각한다. 여우도 굴이 있고 공중에 나는 새도 깃들일 곳 있되 인자는 머리 둘 곳이 없다 하신 예수님 모습은 바보 중의 바보다. 그렇게 살기는 힘들지만, 조금이라도 닮아가려 노력하자. 자꾸 변질되려는 마음을 채찍질하고 마음을 다잡으며 살아왔다. 그런데도 하나님은 나에게 너무 많은 것을 주셨다. 이렇게 살아도 되나. 가끔 힘든 목회자들을 보며 죄송스러운 마음이 든다. 더 많이 베풀며 살아야 할 텐데. 더 바보가 되어야 하는데. 그것이 나의 기도 제목이다. 나는 누구보다 정말 행복한 목회자다.

✓ 남서울 제일교회 교사들

✓ 남서울 제일교회 졸업사진 (이관영 목사님 중앙 왼쪽)

✓ 둘째 아들 가족과

Part 3

바보 목회의 감동 스토리

요 21:12-13
배신한 제자들을 찾아가 떡과 고기를 구워주시는 예수님

12 예수께서 이르시되 와서 조반을 먹으라 하시니 제자들이 주님이신 줄 아는 고로 당신이 누구냐 감히 묻는 자가 없더라 13 예수께서 가셔서 떡을 가져다가 그들에게 주시고 생선도 그와 같이 하시니라

01

사람 품기

목회란 사람을 품고 가는 것이다. 예수님이 제자들을 품지 않았으면 그들이 제자 구실을 했겠는가? 서로 높아지려고 다투는 제자들. 그렇게 말씀으로 가르쳤어도 끝내 나는 주님을 모른다며 세 번이나 부인한 수제자 베드로. 부활하신 예수님이 그들을 찾아가셨다. 못 박힌 손바닥을 보여주시고 옆구리에 손가락을 넣어보고 믿음 없는 자가 되지 말고 믿는 자가 되라 하시며 갈릴리 바다에서 밤새도록 헛그물질하는 제자들을 위해 떡과 고기를 구워 놓으시고 춥지 배고프지 와서 불 좀 쬐고 음식을 먹으라. 나를 사랑한다면 내 양을 먹이라. 그 사랑에 고꾸라져 주님 위해 그들은 목숨을 버리며 충성을 다했다. 그 모습을 닮아가려 노력하는 것이 목회자의 모습이다.

목회하다 보면 별별 일이 다 있다. 그걸 일일이 지적하고 따지면 내가 먼저 피곤해진다. 모른 척 넘어가 주고 알면서 덮어주는 것이 목회라 생각한다. 나는 부 교역자들에게 "하고 싶은 대로 해봐라. 일이 생기면 내가 책임질게. 일 안 하면 문제도 없지만, 발전도 없다. 실수도 하고 성공도 하면서 목회를 배워가는 것이다. 일을 자꾸 만들어서 시도해보라. 그래야 앞으로 내가 목회할 때 실수를 덜 하고 잘할 수 있게 된다"고 강조했다. 때로 실수하고 미안해한다. 그러면 "괜찮다. 그러면서 배우는 거다. 나도 다 실수하면서 오늘에 이르렀다"고 말해준다.

어떤 때는 황당한 사건을 겪기도 한다. 성도들이 교역자가 왜 심방도 안 하고 사무실에만 있냐. 아픈 이들도 방문하고 결석하면 심방을 해야지 그냥 있으면 어쩌냐고 내게 말했다. 그래서 아침 조회를 마치고 담당자에게 성도들의 말을 들려주며 심방을 좀 하라 했다. 그랬더니 화를 벌컥 내며 내 앞 탁자에 성경책을 내던지고 문을 쾅 닫고 나간다. 이런 일을 당해본 이들이 있을지 모르겠다. 어처구니없어 가만히 있었더니 한참 있다 들어와서 "죄송하다" 말한다. "괜찮다" 하며 듣기에 언짢았을 수도 있겠지. 앞으로 조심하라 주의하고 넘어갔다. 다른 교회 같으면 당장 잘랐겠지만 늦게 신학을 하고 나이 들어 부 교역자로 섬기니 듣기 싫은 말에 자존심이 상했을 거다. 그렇게 사역하다 사임하고 다른 교회들을 몇 교회 다니고는 어느 날 찾아와서 말했다.

"제가 목회를 잘 몰라서 실수했습니다. 다른 교회를 다녀보니 목사님이 내게 얼마나 잘해주셨는지를 알겠습니다. 신학교를 졸업할 때 나는 목회를 훌륭하게 하리라 자신했습니다. 그런데 목사님께서 목회하는 걸 보니 완전 바보 목회였습니다. 어떻게 저렇게 목회하나. 잘못하면 불러다 야단을 쳐야지. 늘 품기만 하는 목사님이 우습게 보였습니다. 그런데 이 교회 저 교회 다녀보니 목회가 정말 힘들다는 걸 깨달았습니다. 그리고 목사님이 존경스럽습니다. 나도 목사님 같은 목회를 하고 싶습니다." 그러면서 지방으로 내려가 개척교회를 세워 보조를 해 줬었는데 목회를 잘하고 있는지 궁금하다.

또 어느 날은 아침 조회 중 여 교역자 둘이 대판 싸움이 붙었다. 한 교역자가 담당 교구가 아닌데 왜 네가 심방을 했냐면서 구역 침범이라 화를 냈다. 다른 교역자는 지나가는데 전도사님 기도 좀 해주고 가요 하는데 어떻게 그냥 가냐고하며 어쩔 수 없이 기도해준 것이라고 했다. 그러면서 그게 뭐 그리 잘못이냐고 한다. 그러자 화를 내던 교역자는 본인 담당이 아니면 나한테 연락을 해서 심방을 하게 해야지 네가 하는 게 도리냐, 구역 침범이다하면서 내 앞에서 이년 저년 감당할 수 없는 육두문자를 쓰며 싸웠다. 아무리 그래도 담임목사 앞에서 삿대질하며 온갖 쌍소리를 할 수는 없지 않나. 나는 웃음으로 싸우지들 말고 사이좋게 목회하라고만 말해줬다. 무슨 말을 거기에 더하랴. 그들이 잘못을 누구보다 더 잘 알 텐데. 바보 목회란 말없이 품는 거다. 그분들은 연말에 둘 다 사직서를 내고 교회를 떠났다. 한 분은 돌아가시고, 한 분은 어디서 지내는지 모른다.

부디 남은 생애 평안하시기를!

나는 행복한 바보 목사입니다

02

기도 응답의 기적

시 40:1-3

1 내가 여호와를 기다리고 기다렸더니 귀를 기울이사 나의 부르짖음을 들으셨도다. 2 나를 기가 막힐 웅덩이와 수렁에서 끌어올리시고 내 발을 반석 위에 두사 내 걸음을 견고하게 하셨도다. 3 새 노래 곧 우리 하나님께 올릴 찬송을 내 입에 두셨으니 많은 사람이 보고 두려워하여 여호와를 의지하리로다.

뭐 목회하면서 기도 응답의 기적이라니 제목이 우습다. 하지만 이건 꼭 좀 얘기하고 싶다. 내게 있어 가장 감동적인 기도 응답은 한울교회 건물분양이다. 개포동에 영세민 아파트가 입주할 때 나는 매일 하루도 거르지 않고 전도를 나갔다. 3월의 아파트 오픈된 복도는 너무 추워 귀가 시리고 시간 아까워 식사도 안 하니 배에서 창자를 쥐어짜는 소리가 났다. 나는 108동을 전도하다 시린 귀를 붙잡고 그 아래 1단지 유치원 건물을 내려다보며 중얼거렸다. '하나님 아버지, 나 배고프고 귀 시려요. 나 불쌍하죠? 이 동네서 목사가 전도지 들고 전도 다니는 사람 누가 있어요. 성도들은 나오지만, 나처럼 전도 다니는 목사는 나밖에 없잖아요. 모든 것의 주인이 하나님이신데 나 저런 건물 하나만 주세요.' 간절히 무릎 꿇고 기도한 것도 아니다. 그냥 유치원 건물 내려다보며 신세 한탄 비슷하게 중얼거린 것이다.

그런데 늘 전도 나가면 들리는 1단지 관리의 소장이 장로님이었다. 내가 가면 언제나 따뜻하게 맞아주셨는데 나보고 제안한다.

"목사님 2단지 상가보다 유치원 건물을 분양받으시죠?"

내가 2단지 새로 들어오는 아파트 상가 건물을 놓고 기도하는 걸 아시기에 권유한 것이다. 나는 2단지 상가 3층 70평을 놓고 매일 아침저녁으로 현장에 가서 기도했다. 그중 가장 큰 평수를 놓고 기도한 것이다. 그런데 소장님은 아파트 안에 유치원 건물을 분양받으란다.

"유치원 건물을 교회가 분양받을 수 있어요?"

"됩니다. 창전동에 그런 건물이 있어 내가 말해서 분양받았어요."

"그래요?"

나는 즉시 현장을 방문했다. 거기엔 지하와 2층으로 지어진 아담한 유치원 건물이 있었다. 내가 내려다보며 중얼거린 1단지 유치원 건물과 거의 크기나 모양이 비슷했다.

나는 그날부터 유치원 건물을 향한 기도에 들어갔다. 지하에서 기도하고 1층 2층 옥상에서 기도하고. 혹시 누가 보면 경쟁 붙을까 봐 조심스럽게 살피며 매일 기도와 땅 밟기가 시작되었다. 그리고 입찰 날짜가 되어 동생 이정숙 전도사(당시 집사)와 둘이 신청서류를 만들어 당시 성수동 경마장 도시개발 공사로 갔다. 도시개발공사는 한 곳에 두 사람 이상 입찰이 안 되면 유찰시키는 것이 내규여서 동생과 함께 입찰하러 간 것이다. 도시 개발공사가 서울시에 지은 모든 건물을 입찰하기에 회사 안팎은 사람들로 인산인해를 이루었다. 입시를 치를 때 엄청 많은 이들이 모이면 떨리듯이 가슴이 떨려왔다. 이번에 입찰이 안 되면 교회도 내놓고 사택도 내놓아 갈 곳이 없어진다. 떨어지면 과연 어디로 갈 것인가?

내가 장로님을 통해 알아본 유치원 건물의 내정 가는 '4억6천 500만원'이었다. 회사는 내정가 아래는 절대 안 판다는 것이 원칙이라 한다. 그래서 동생에게는 4억6천500만원만 쓰고 나가라 했다. 나는 기도하며 쓰겠다 하고, 동생은 받자마자 금액을 쓰고 나가버렸다. 나는 신청서를 앞에 놓고 간절히 기도했다. '하나님 얼마를 쓸까요? 회의 때 교회 집사는 최소 5억5천만원은 써야 한다는데 그런 돈 없는 거 잘 아시잖아요. 불러주세요. 얼마 쓸지' 그런데 아무 응답이 없다. 아무리 기다려도 응답은 없고 시간이 흘러 나 혼자만 남았다. 답은 모르는데 다 나가고 혼자 남아 시험지를 붙들고 있는 수험자의 심정을 아시는가. 이건 그 정도가 아니다. 교회의 운명, 내 집의 운명을 건 한판이다.

식은땀이 났다. 초조해서 울상이 되어있을 때 하나님의 응답이 왔다. 그건 얼마를 쓰라는 답이 아니었다. '너 왜 그리 걱정하냐. 안 팔리는 집을 팔리게 해줬잖아. 그럼 응답이지 꼭 금액을 불러줘야 하니. 네 맘대로 써. 그 건물은 네 거야' 나는 너무도 기뻐 얼른 신청서에 '4억6천500만100원' 100원을 붙여서 냈다. 그리고는 나오면서 면식이 있는 직원에게 몇 명이나 그 건물에 입찰했나 물어봤다. 직원은 서류를 뒤지더니 유치원 건물 신청에 4명이 입찰했다 한다. 아뿔싸. 우리 말고 다른 한 팀이 더 입찰한 것이다. 그 말을 듣는 순간 나는 사색이 되고 낙심천만이 되었다. 우리 말고 다른 팀이 한 팀 더 왔으면 나처럼 내정 가를 알고 왔을 텐데 100원을 더 붙이지는 않았을 것 아닌가. 최소한 10만 원이나 100만 원은 더 써냈을 것 아닌가. 사람의 마음이 얼마나 교활한지 아까의 믿음은 사라지고 원망이 터져 나왔다.

'하나님, 이제 어떡해요. 왜 내 마음에 확신을 주셨어요. 가만히나 계시지 왜 그런 마음 주셔서 떨어지게 하셨어요. 이제 난 어쩌라고.'

나는 다리가 풀려 도저히 그 자리에 머물 수가 없었다. 그래서 함께 간 집사님께 지켜보라 하고는 봉고차 안 운전석에 앉아 흐느껴 울었다. 이제 나는 어찌하냐고. 신청자들이 많아 발표 예정시간보다 한 시간이나 늦어 느낌이 이상해서 차 밖을 내다보니 지켜보라 한 집사님이 손가락으로 V자를 그리며 달려오고 있었다.

"집사님 됐어요?"

"목사님 이름 불렀어요."

"진짜죠?"

나는 불이 나게 달려 발표장으로 갔다. 거기엔 큰 전지에 지번이 쓰여 있고 내 이름과 함께 '이형우 4억6천5백만 100원'이라 쓰여 있었다. 나는 춤을 추며 기뻐서 교회에 전화했다. 그랬더니 여전도 회장이 전화를 받았다.

"목사님 됐죠?"

"아니 누가 됐다 해요?"

"우리 여전도회가 모여 기도하고 주기도문 끝나고 나니 목사님이 전화했어요. 그러니 된 거죠."

세상에, 나는 내 믿음으로 된 줄 알았더니 그건 여전도회의 합심 기도 덕분이었다.

그날 밤 오라고도 안 했는데 전 교인들이 모여 입찰 무용담을 나누며 박수 치며 기뻐했다. 그리고 중도금과 잔액을 걱정했는데 성도들이 "목사님 우리 딸한테 얘기했더니 너무 좋아하면서 자기 집문서를 가져왔어요. 이걸로 담보하래요."

"우리 믿지 않는 아들이 집문서 가져왔어요."

너도나도 자녀들의 집문서를 가져와 담보하라 내놓는다. 이건 기적이다. 요즘에 부모가 교회 돈 문제 해결 위해 집문서 가려오라면 가져오겠는가. 우리는 아무 어려움 없이 잔금을 치르고 시설까지 해서 입주했고 교회는 입주 다음 주부터 등록 교인으로 가득 채워졌다. 기도로 일궈낸 감동의 기적이다.

✓ 한울교회

나는 행복한 바보 목사입니다

03

One Point 설교를 하다

헨리 와드비쳐
유머 감각이 없는 사람은 스프링이 없는 마차와 같다.
길 위의 모든 조약돌마다 삐걱거린다.

아래 내용은 내가 유언으로 세상에 남기고 싶은 설교방법이다. 나는 평양남노회에 소속된 한울교회 원로목사로 노회가 나뉘기 전 평양노회 시절 현 소망교회 담임이신 김경진 목사님과 함께 노회 목사님들을 중심으로 주일 설교를 위한 연구 모임인 프로페짜이에 참석했다. 뜻은 '예언자의 방'이라는 뜻으로 종교개혁시대에 시작되었다. '예배와 설교 핸드북'에 나오는 세 가지 설교 본문 중의 하나를 선택하고 말씀을 읽은 뒤 서로 자기 의견들을 나눈다. 그리고 나는 그 본문으로 설교한 우리나라 목사님들의 설교를 자료실에서 찾아 카페에 올려준다. 그렇게 매주 설교를 대하다 보니 나름대로 설교를 이렇게 해야겠다고 하는 주관을 갖게 되어 여기에 그 내용을 올려본다. 부족하지만 이 글을 읽는 이들이 강단에서 말씀을 전하는 데 참고가 되기를 기도한다.

나는 은퇴하기 전 현역시절 설교 원고를 A4 용지로 사방 1센티의 여백을 주고 6페이지 정도 작성했다. 그런데 은퇴 후 콩깍지교회를 맡아 설교할 때는 2페이지 반으로 줄였다. 점심식사 시간에 간단히 예배드려야 하는 시간적 상황 때문이기도 했지만, 지금은 정말 잘했다는 생각이 든다. 20분 내에 본문에서 말씀하는 핵심을 쉽고 재밌고 감동적인 설교를 하려 애쓴다. 이것을 나는 '원 포인트(One point설교)'라 부른다. 오직 한 가지 주제를 가지고 끝까지 가는 것이다. 설교자들은 어떻게든지 성도들에게 많은 것을 전하려 하기 쉬운데 그것은 오히려 집중력을 떨어트려 무슨 설교를 들었는지 오리무중이 되기 쉽다.

그래서 은퇴 후 성남 소망교회 성순석 목사의 제안으로 설교자들을 위한 연구 모임을 시작했다가 코로나로 중단하게 되었는데 아래는 당시 프로페짜이 성남지부 모임에서 내가 설교자들에게 제안한 내용이다.

프로페짜이 설교 준비를 위한 제안

* 본문 정하기: 성령님의 도우심을 간절히 구하며 선명하게 내용이 떠오를 때까지 5번 이상 읽으십시오. 그리고 그중에서 10절 이내로 본문을 정하십시오. 7~8절이 좋음.

* one point 요점: 간단한 문장으로 본문 내용을 정리해서 적어 봅니다. - 하나님이 본문을 통해 내게 무슨 말씀을 하시는가?
* 강해 집을 참조해서 본문에서 빗나가는 설교가 되지 않게 한다. 나는 주로 다음 주석들을 참고했다. (헷세드, 바클레이, 이상근)
* 자료집에서 여러 목사님의 본문 설교를 읽고 내용을 정리한다 (전에는 수많은 설교집을 사서 여백성경에 무슨 책 몇 페이지를 적어 참고했는데 이제는 인터넷 자료들이 많음). (인터넷 정보 클럽)
* 적용: 실천해야 할 중요 메시지를 세 가지 정도 정하고 참고할 설교 중 모델을 찾으며 중요 내용을 예화들까지 함께 복사한다.
* 참고 예화: 한 설교에 많은 예화를 들지 말고 효과적인 몇 가지만 고른다.
* 제목: 전체 설교를 요약할 수 있는 제목을 정한다.
* 전개: 어떻게 설교를 준비하며 전개할까를 적어 본다. 복사한 내용을 정리하면 방법이 나옴. 서두, 이끌어 가기, 적용 예화, 맺음말, 최종 결론은 전도로.

그리고 모든 설교와 강의의 핵심은 '쉽고 재미있고 감동적으로!'가 표어다.

나는 초등학교 4학년 아이가 듣고 이해할 수 있는 설교를 해야 한다는 한경직 목사님의 말씀에 전적으로 동의한다. 아무리 내용이 좋은 설교라도 듣는 이가 이해할 수 없으면 무슨 의미가 있나? 안타까운 것은 엄청난 자료들을 인용하고 준비해도 너무 어려워 이해할 수 없는 설교나 강의가 되고 있다는 것이다. 설교는 쉬워야 하고 재미있어야 한다. 재미있는 이야기는 누구나 마음을 열고 듣는다. 예수님의 설교를 보라. 얼마나 재미있고 쉬운 이야기들을 담고 있는가. 씨 뿌리는 비유, 감추인 보화 비유, 돌아온 탕자 비유…. 예수님은 예화의 천재셨다. 누구나 듣고 쉽게 이해하고 감동할 수 있는 설교 그것이 우리가 최선을 다해 힘써야 할 설교다. 성도가 설교를 듣고 난 후 "목사님 오늘 설교 은혜받았습니다. 내일부터 새벽기도 열심히 나올게요."

나는 이런 말을 들으면 날아오르고 싶다.

특별히 강조하고 싶은 주일 낮 예배 설교는 처음 교회 나온 이들을 위한 구도적인 설교가 되어야 한다. 설교 듣고 나도 예수를 믿어야겠구나. 결단하게 하는 것이 최선이다. 그리고 심야기도회는 은사 중심의 예배가 되었으면 한다. 기도도 뜨겁게 하고 부흥회 하듯, 기도원 집회하듯 불을 붙이고 몸과 마음과 영혼의 치유를 위해 기도해주어야 한다. 예수님의 사역 중 가장 중요한 치유 사역이 빠진 것은 오늘날 교회에서 가장 아쉬운 점이다. 새벽기도니 금요기도회는 병든 이를 위한 안수기도가 있어야 한다. 병든 이를 위해 기도하면 치유해주신다고 약속하셨는데 왜 그 소중한 기회를 포기하는가.

막 16:18 뱀을 집어 올리며 무슨 독을 마실지라도 해를 받지 아니하며 병든 사람에게 손을 얹은즉 나으리라 하시더라. 아멘.

04

성경의 핵심 – 복음적 전도설교

요 3:16-17 하나님은 당신을 사랑하십니다

아래 내용은 나의 복음적 설교를 보여주는 내용으로 한 가지만 싣습니다.

우리 기독교 교리(핵심, 몸의 뼈대)는 4개의 큰 기둥을 갖고 있습니다. 첫째는 창조 교리, 둘째는 타락 교리, 셋째는 구속 교리, 그리고 넷째는 종말 교리입니다. 이 네 개의 교리를 담고 있는 성경의 핵심이 요 3:16절입니다.

오늘 우리에게 주신 말씀은 종교개혁자 마틴 루터가 작은 복음이라 불렀던 말씀으로 성경 중에 가장 중요한 요절과 같은 말씀입니다. 요점정리 아시죠? 간단하게 중요한 내용을 줄여 놓은 것이 요점입니다. 오늘 이 말씀만 깨달으시면 여러분은 성경의 요점을 아시게 됩니다. 잘 들으시고 누가 물어보면 '나도 성경을 안다'고 대답하세요. 말씀을 한 번 함께 읽어봅니다.

"16-17절 하나님이 세상을 이처럼 사랑하사 독생자를 주셨으니 이는 그를 믿는 자마다 멸망하지 않고 영생을 얻게 하려 하심이라 17 하나님이 그 아들을 세상에 보내신 것은 세상을 심판하려 하심이 아니요. 그로 말미암아 세상이 구원을 받게 하려 하심이라."

세상을 사랑한 하나님은 어떤 분일까요? 성경은 하나님이 온 세상을 창조하신 분이라 말씀합니다.

가장 먼저 확실하게 알아야 할 첫 번째 교리는 창조주 하나님이심을 믿어야 합니다. 우리가 예배 때마다 고백하는 사도 신경의 첫머리가 창조주 하나님에 대한 신앙고백이죠. 전능하사 천지를 만드신 하나님 아버지를 내가 믿사오며.

창 1:1 '태초에 하나님이 천지를 창조하시니라'

성경의 첫머리는 이렇게 시작합니다. 이 말씀이 얼마나 중요한가를 보여주신 말씀입니다. 마치 옛날 연극 할 때 막이 오르기 전 징을 꽝 치면서 시작하는 것과 같습니다. 그런데 하나님께서 천지를 창조하셨다는, 이 창조론(創造論)에 반대하는 주장이 많이 있습니다. 그중에 대표적인 것은 진화론적 우주관(進化論的宇宙觀)이죠. 본래부터 물질은 있었다, 그 물질이 긴 세월을 두고 점진적으로 발전해왔다는 것이 이른바 진화론입니다.

1859년 찰스 다윈이 출간한 〈종의 기원〉이라는 책이 출간되면서부터 진화론이 진리인 양 퍼져있습니다. 이 책에서는 모든 만물은 한 가지 기원으로부터 오랜 세월 동안 변화를 겪어 여러 종류의 종으로 발전했다고 주장합니다. 한 가지 물질에서 지속적인 변화가 일어나 인간도 되고 식물도 되고 동물도 되었다는 것입니다.

하지만 과연 원숭이가 얼마나 노력하면 사람이 될까요? 원숭이는 아버지도 원숭이고 자녀도 원숭이인데 아무리 노력한다 해도 인간이 된다는 것은 납득하기 어렵습니다.

'세 번을 비약하지 않고는 진화론을 설명하지 못한다'라는 말이 있습니다. 먼저, 이미 있는 것에서 변화해왔다는 진화론에서는, 그렇다면 이미 있는 그것은 어디서 왔는가, 즉 무에서 유가 나왔다는 사실을 설명할 길이 없습니다. 그러므로 무에서 유로 넘어가는 단계를 비약해버리지 않을 수 없는 것입니다. 그다음으로는, 무기체(쇠(金屬) 돌(玉石))과 흙 같은 생명이 없는 것)에서 유기체(동물, 식물, 곰팡이류, 또는 미생물)로 변화하는 과정을 설명할 수가 없으니 비약해버리지 않을 수 없습니다. 그리고 세 번째는, 유기체에서 인격체(인간)로 넘어오는 과정을 도저히 규명할 수가 없어서 또다시 얼렁뚱땅 비약하지 않을 수 없습니다.

모든 것은 하나님께서 지으셨습니다. 진화론은 학설에 불과합니다. 원숭이와 사람은 너무 다릅니다. 어느 중학교 생물 시간에 선생님이 진화론을 가르치면서 "원숭이가 우리 조상이다"라고 했습니다. 그러자 기독교인 학생이 말했죠.

"선생님, 그러면 선생님도 원숭이 후손이란 말입니까?"

"말하자면 그렇지."

"그러면 선생님은 원숭이의 몇 대손입니까?"

"야 이놈! 수업이 끝나면 교무실로 와!"

수업 후 학생이 교무실에 갔습니다.

"너 예수쟁이지?"

"예."

"네가 믿는 하나님을 보여주라. 그러면 나도 믿을게."

"선생님, 정신이 있습니까? 없습니까?"

"야, 이놈아! 내가 정신이 없기는 왜 없어. 있지."

"선생님, 정말 정신이 있습니까?"

"있지."

"그러면 선생님의 정신을 한 번 보여주세요. 그러면 저도 하나님을 보여 드리지요."

"이 맹랑한 놈!"

그 학생의 말에 선생님이 더 이상 할 말을 잃었답니다.

모든 것은 하나님께서 지으셨습니다. 보십시오. 나무가 바람에 꺾여 500년이 지나면 책이 되어 나올 수 있습니까? 아닙니다. 만들어야 책이 됩니다. 바다의 모래가 한 100만 년 뒹굴면 도자기가 되어 나옵니까? 아닙니다. 만들어야 나옵니다. 쇠를 억만년 놓아두면 마이크가 됩니까? 아닙니다. 만들어야 마이크가 됩니다. 몇천 년이 지나도 고장 나지 않고 기름을 붓지 않아도 계속 타오르는 태양, 이 신비로운 우주가 어떻게 그냥 나왔겠습니까? 하나님께서 지으셨습니다.

이와 같은 일들이 어찌 우연이겠습니까? 이는 과학으로도 설명할 수 없고 오직 성경만이 해답입니다.

'태초에 하나님이 천지를 창조하시니라'(창 1:1)

'집마다 지은이가 있으니 만물을 지으신 이는 하나님이시라'(히 3:4)

집을 지은 이가 있듯이, 온 세상을 만드시고 주관하시는 분은 창조주 하나님이십니다.

하나님이 세상을 이처럼 사랑하사 하나님이 사랑하신 세상은 어떤 세상일까요?

타락하고 더럽혀진 세상, 죄를 지어 멸망 당할 수밖에 없는 세상입니다.

하나님이 맨 처음 창조하신 아담과 하와 이래 우리 인생들은 모두가 하나님 보시기에 죄를 지어 심판과 멸망을 할 수밖에 없는 세상이 되었습니다. 여러분이나 저나 다 죄를 지은 인생들입니다. 마음으로 죄를 짓고, 입으로 죄를 짓고, 행동으로 수많은 죄를 지어 심판당해 지옥 불에 던져질 죄인들입니다.

그런데 하나님이 세상을 '어떻게 사랑하셨나요?' '이처럼 사랑하사 독생자를 주셨으니' 하나님께서 당신에게 주시는 최고의 선물은 바로 독생자 예수님이십니다.

'독생자'란 '외아들'이라는 뜻입니다. 하나님이 하나밖에 없는 아들을 내어주실 만큼 우리를 사랑하셨다는 뜻입니다. 외아들 같으신 예수님을 우리를 위해 세상에 보내서 내 죄를 대신해 십자가에 못 박혀 죽게 하심으로 나를 멸망에서 구원해 주셨다고 말씀하십니다. 왜요? 우리를 너무도 사랑하시기 때문에.

내가 낳은 자식이 아무리 죄를 지었어도 망하기를 바라는 부모는 없죠. 잘못된 길을 가면 더 가슴 아프고 뉘우쳐 새사람 되기를 바랍니다. 하나님도 하나님이 창조하신 세상과 인간들을 너무도 사랑하셨어요.

하나님이 가지신 성품 중에 두 가지 중요한 성품은 공의와 사랑입니다. 하나님은 죄를 그냥 넘어가지 않으십니다. 잘못되어도 그냥 넘어가면 세상은 타락하고 망하게 되지요. 그러나 공의만으로 세상을 다스릴 수는 없습니다. 그렇게 되면 세상에 살아남을 사람이 없기 때문입니다. 하나님이 가지신 또 하나의 성품은 사랑입니다. 하나님은 공의로 세상을 다스리시지만 동시에 사랑으로 용서하시고 용납하십니다.

이 두 개의 성품이 만난 곳이 바로 십자가입니다.

어느 나라에 훌륭한 왕이 있었습니다. 그런데 그가 다스리는 나라는 너무도 풍기가 문란해서 그대로 두면 나라 꼴이 말이 아니게 되었습니다. 왕은 고심 끝에 결단을 내리고 법을 선포합니다. '누구든지 간음하는 자는 두 눈을 뽑아 일벌백계로 다스리리라' 그런데 안타깝게도 제일 먼저 법을 어긴 자는 사랑하는 왕의 외아들이었습니다. 백성들은 속으로 비웃으며 지켜봅니다. '아하, 왕자가 법을 어겼으니 어찌 되나 보자. 왕자에게 벌을 안 내리면 우리에게도 벌을 내릴 수 없지' 드디어 판결을 내리는 날이 되었습니다. 수많은 백성들이 그 광경을 지켜보려고 몰려들었습니다. 왕은 죄인인 왕자를 끌어내게 했습니다. 그리고 지엄한 목소리로 명령을 내립니다. '여봐라. 저 죄인의 눈을 뽑아라' 모두 경악하는 가운데 형리가 왕명을 받들어 왕자의 눈을 뽑습니다. 피가 튀고 처절한 비명이 들리며 왕자의 눈이 뽑혔습니다. 그리고 다음 눈을 뽑으려는 순간 왕이 용상 아래로 뛰어 내려갑니다. '잠깐, 왕자는 장차 내 뒤를 이어 왕이 될 사람이니 대신 내 눈을 한쪽 뽑겠다' 그리고는 스스로 칼을 들어 자기 한쪽 눈을 뽑았습니다. 그 후로 질서가 잡히고 바로 서는 나라가 되었다 합니다. 자기를 희생해서 공의도 세우고 아들을 향한 사랑도 세운 '애꾸눈 왕의 이야기'입니다.

하나님의 공의와 사랑이 만난 자리 그곳이 바로 예수님의 십자가입니다. 멸망을 향해가는 세상을 사랑하셔서 스스로 뛰어 내려와 눈을 뽑은 왕처럼 외아들 예수님을 십자가에 못 박혀 죽게 하심으로 공의와 사랑을 이루시고 누구든지 예수님을 믿기만 하면 구원받을 길을 열어주신 것입니다. 그 같은 안타깝고 너무도 큰 하나님 사랑을 당신은 이해할 수 있으신지요?

스위스에서 일어난 실화입니다. 어느 날 한 관광버스가 손님을 태우고 관광지에서 돌아오고 있었습니다. 관광객들은 모두가 지쳐 잠에 빠져있는데 마지막 내리막길에 들어선 순간 운전사는 브레이크에 이상이 생긴 것을 발견했습니다. 브레이크가 고장 난 채 내리막길에 접어든 버스는 속도가 점점 빨라졌고, 당황한 운전사의 눈에 경사가 급한 내리막길에 펼쳐진 급커브길이 보였습니다. 버스에 점점 가속이 붙자 눈을 뜬 관광객들은 뭔가 이상이 생긴 것을 눈치채고 흥분하여 소리를 지르기 시작했습니다. 그렇지만 운전사는 침착하고 조심스럽게 커브 길을 한 개, 두 개, 잘 운전해 나갔습니다. 마침내 그는 마지막 커브 길을 통과했고, 모든 관광객은 환호성을 지르며 좋아했습니다.

그런데 그때, 마을 입구 신작로에 아이들이 놀고 있는 모습이 보였습니다. 깜짝 놀란 운전사는 경적을 울리며 피하라고 소리쳤습니다. 모든 어린이가 소리를 듣고 피했지만, 아직 한 아이가 그 자리에서 우물거리고 있었습니다. 몸이 불편한 아이처럼 보였습니다. 순간 운전사는 관광객을 살려야 할지 어린아이를 살려야 할지 갈등하다가 결국 어린아이를 치고 말았습니다. 그리고 버스는 건너편 언덕에서 멈춰 섰습니다. 운전사는 차가 서자 그 아이에게로 뛰어갔습니다. 피투성이가 된 아이를 품에 안고 울기 시작했습니다. 둘러서 있던 사람들이 살인자! 살인자! 하며 야유를 하는 순간 어느 젊은이가 외쳤습니다.

"모두 그만둬요, 저 아이는 바로 운전사의 아들이란 말이에요."

어느 날 목사님 두 분이 만났습니다. 한 목사님은 아들이 다섯이고, 다른 목사님은 딸 하나밖에 없었습니다. 대화하다가 딸 하나밖에 없는 목사님이 친구 목사님에게 "자네는 아들이 다섯이나 되니 하나는 내게 양자로 주지" 농담 반 진담 반으로 말했습니다. 그러자 목사님이 무심결에 "그러지 뭐"하고 대답을 했습니다. 그러나 집에 가서 그 이야기를 꺼내자 사모님이 노발대발 난리가 났습니다. 그래도 이 분은 워낙 의리파라 약속을 지켜야 한다고 생각했습니다. 그래서 아들 다섯 중 누구를 양자로 주어야 하나 고민하면서 아들들이 잠들어 있는 방문을 열었습니다. 곤히 자는 아들 다섯을 물끄러미 내려다봅니다.

"어떤 아들을 양자로 줄까, 장남? 장남은 안 되지. 상속자인데 어떻게 다른 집에 주겠어?"

그래서 둘째 아들을 봅니다.

"이 녀석은 다섯 아들 중에서 제일 똑똑하고 장래가 촉망되는 아이인데 안 되지."

셋째 아들을 보았습니다.

"이 녀석은 나를 쏙 빼닮았어. 제일 미남이고,"

그래서 넷째를 보았습니다.

"이 녀석은 병치레를 자주 하고 너무너무 불쌍해. 약한 녀석을 줄 수는 없지."

이제 막내 하나밖에 안 남았습니다.

"이 귀여운 막내를 어떻게 줄 수 있나?"

다섯 아들 중에 한 아들도 주기 어려운 자기 마음을 확인하던 그 날, 그 목사님은 요한복음 3장 16절 말씀을 생각했다 합니다.

'하나님이 세상을 이처럼 사랑하사 독생자를 주셨으니.'

예수님은 하나님이 당신을 살리기 위해 주신 가장 값진 선물입니다. 성 어거스틴은 이 같은 하나님의 사랑에 대해 이렇게 말했습니다.

"하나님은 천하 인간에 사랑할 대상이라고는 너 하나밖에 없는 것처럼 당신을 사랑하신다."

노르웨이의 탐험가 난센(1861-1930, Fridtjof Nansen)이 북극 바다의 깊이를 재려고 동아줄을 내렸습니다. 그러나 그 끝이 해저에 닿지 않아서 '이 동아줄보다 더 깊음'이라고 기록하고는, 다음날 더 긴 줄을 썼지만 역시 해저에 이르지 못했습니다. 같은 작업을 며칠 계속하던 그는 일기에 이렇게 적었습니다.

'이 근방의 바다는 하나님의 사랑과 같다. 끝없이 깊은 바다이다.'

'왜 예수님을 보내셨나요?'

'이는 그를 믿는 자마다 멸망하지 않고 영생을 얻게 하려고.'

여러분, 파리 목숨이라는 말 들어보셨지요? 파리의 생명이 얼마나 됩니까? 파리는 37일이면 죽습니다. 두 달 사는 파리가 없습니다. 파리가 죽지 않으려고 파리채를 피해 요리조리 초고속으로 달려도 37일 만 살면 죽습니다. 사람 목숨도 파리 목숨 같습니다. 총탄이 빗발치듯 쏟아지는 전쟁터 여기저기에서 사람들이 픽픽 쓰러져 죽는 것을 보고 파리 목숨 같다지만 실은 평소에도 파리 목숨입니다. 조금 더 건강하게 오래 살려고 애쓰지만 그래도 다 죽습니다. 텔레비전에서 건강식품이다 뭐다 하면 많은 사람들이 관심을 갖고 봅니다. 에어로빅도 하고, 등산도 하고, 운동도 하고 별것을 다 하지만 그래도 죽습니다.

얼마 전에 스마트폰으로 억만장자가 된 스티브 잡스도 죽었고 북한의 독재자 김정일도 죽었습니다. 억만장자도 죽고 대대로 임금 노릇 하려는 김일성도 김정일도 죽고, 그들만 죽는 것이 아니라 너도 가고 나도 가야 합니다. 우리는 이 땅에서 살 동안 이 영원한 여행을 위하여 언제나 가방을 싸 놓고 살아야 합니다. 누구도 피할 수 없는 죽음, 그 죽음의 문제를 해결할 수 있는 기쁜 소식이 여기에 있습니다. 누구든지 예수님을 믿으면 구원을 받고 영생을 얻는다는 하나님의 약속입니다.

사랑하는 여러분! 오늘 이 시간 여러분들을 하나님 사랑 앞으로 초청합니다.

하나님의 사랑을 깨닫는 순간 당신의 운명이 바뀝니다.

"하나님은 당신을 사랑하십니다."

이 말씀이 고통스러운 시대를 살아가는 능력입니다.

"하나님은 당신을 사랑하십니다."

이 말씀이 고독한 사람들을 일으켜 세우는 위로의 손길입니다. "하나님은 당신을 사랑하십니다" 이 말씀이 상처 난 가슴을 어루만지는 치료의 명약입니다. "하나님은 당신을 사랑하십니다" 이 말씀이 방황하는 사람을 붙들어 주는 사랑의 손길입니다.

여러분, 오늘 분명한 주님의 음성을 듣고 세상으로 나아가십시오. "하나님은 당신을 사랑하십니다!" 하나님께서 이 시간 여러분을 진지하게 초청하십니다. 차별 없이 부르시는 은혜의 초청입니다. 이 초청에 진지하게 대답만 하면 하나님의 사랑 속에서 살아갈 수 있는 특권을 얻습니다. 성경에 약속해주신 수많은 약속이 다 당신 것이 됩니다.

엡 2:8-9 너희는 그 은혜에 의하여 믿음으로 말미암아 구원을 받았으니 이것은 너희에게서 난 것이 아니요. 하나님의 선물이라 9 행위에서 난 것이 아니니 이는 누구든지 자랑하지 못하게 함이라

행위 구원이 아닙니다. 오직 믿음으로 구원입니다.

예수님을 나의 구원자로 모셔 들이면 세 가지 특권을 주셨습니다.
요 1:12-13:12 영접하는 자 곧 그 이름을 믿는 자들에게는 하나님의 자녀가 되는 권세를 주셨으니 13 이는 혈통으로나 육정으로나 사람의 뜻으로 나지 아니하고 오직 하나님께로부터 난 자들이니라

1. 천국을 보장: 대통령의 자녀가 청와대에 들어갈 자격이 있듯 하나님의 자녀가 되었기에 천국에 갈 수 있는 보장이 있습니다.

2. 기도 응답의 특권: 자식이 원하면 필요한 것을 주시듯 응답하십니다.
마 7:7-11 구하라 그리하면 너희에게 주실 것이요 찾으라 그리하면 찾아낼 것이요 문을 두드리라 그리하면 너희에게 열릴 것이니 8 구하는 이마다 받을 것이요 찾는 이는 찾아낼 것이요 두드리는 이에게는 열릴 것이니라 9 너희 중에 누가 아들이 떡을 달라 하는데 돌을 주며 10 생선을 달라 하는데 뱀을 줄 사람이 있겠느

냐 11 너희가 악한 자라도 좋은 것으로 자식에게 줄 줄 알거든 하물며 하늘에 계신 너희 아버지께서 구하는 자에게 좋은 것으로 주시지 않겠느냐?

3. 돌보심의 특권: 결혼한 자녀도 부모가 사랑하는 자녀기에 돌보듯이, 돌보시는 축복을 받습니다.

그 특권을 누리려면 어떻게 해야 할까요?

방법은 너무도 간단합니다. 아무리 귀한 보물도 구하기 어려우면 무용지물이죠? 하나님은 아주 쉬운 길을 열어주셨습니다. 그것은 마음을 열고 내 마음에 예수님을 나의 구원자로 모셔 들이는 것입니다. 이것을 영접기도라 부릅니다. 이 시간 우리 함께 조용히 마음을 열고 따라서 고백합시다.

영접기도

'하나님 아버지 나는 죄인입니다. 하나님께서 나의 죄를 위하여 예수님을 세상에 보내시고 십자가에서 죽으심으로 내 모든 죗값을 치러주심을 감사합니다. 내가 예수님을 믿고 내 마음에 모셔 들입니다. 내 마음에 들어오셔서 나를 다스려 주시고 천국까지 동행하여 주옵소서. 예수님의 이름으로 기도합니다. 아멘'

* 이 영접 기도의 중요성을 말씀드립니다.

나의 셋째 동생인 이정숙의 시모님은 철저한 불교 신자셨습니다. 그런데 며느리가 교회 다닌다는 것을 아시고는 절을 끊었습니다. 한집에 종교가 둘이면 자식이 안 좋다는 말을 들었기 때문입니다. 그 시어머님이 모처럼 서울에 올라오셨을 때 동생의 요청으로 내가 심방을 했습니다. 교회도 오실 수 없을 만큼 건강이 나쁘시기 때문입니다. 요 3:16 절 말씀을 읽고 우리 인간은 모두가 죄인이고 그 죄 때문에 모두가 죽게 되고 죽으면 끝이 아니라 우리 인간을 지으신 하나님 앞에 가서 죄에 대해 심판을 받아 영원한 지옥의 벌을 받게 된다는 것과 예수님을 나의 구원자로 믿으면 그 모든 죄를 용서받고 하나님 나라에 들어가 영생을 얻게 됨을 말씀드리고 영접 기도를 따라 하라 해서 순순히 믿겠다고 영접하셨습니다. 그리고는 집으로 내려가신 어머님은 교회를 한 번도 못 가시고 돌아가셨습니다.

장례를 치르고 사십구재에 매제인 정형채 장로가 시골에 내려가 친척들이 모였을 때 독실한 불교 신자였던 친척 누나가 말합니다.

"형채야, 아지매는 천국 갔다. 내가 확실히 봤다."

그러면서 말합니다. 과수원을 하므로 아침 일찍 일하러 나갔다가 들어와서 잠깐 눈을 붙였는데 꿈인지 생신지 모르는 상황에서 아지매가 고운 한복을 입고 자기 이름을 부르더랍니다. 깜짝 놀라

"아, 아지매 아닌교?"

"그래 맞다. 난 이제 천국 간다. 잘 있그레이."

"아, 그래요. 누구 끈으로 갑니꺼?"

"우리 며느리 끈으로 간다. 느그들 나 예수 믿는 거 몰랐제? 속 았제?" 하며 예쁜 옥색 한복을 입고 너무 우아하게 하늘로 날아오르시더랍니다. 그리고 났는데 전화벨이 울리더니 아지매가 방금 돌아가셨다 연락이 왔답니다. 그러면서 너희 엄마는 천국 갔다고 보살인 누나의 입으로 말하더랍니다. 그 누나는 하나님을 전혀 모르는 사람이었지만 그녀의 입을 통해 예수님을 영접하면 천국에 간다는 사실을 입증하여 준 것입니다. 그러므로 우리는 죽는 순간까지 예수님을 전하고 그 입으로 예수님을 시인하고 영접 기도를 시키는 일에 힘써야 합니다.

인생은 어느 날 갑자기 떠나는 허무한 존재들입니다. 전 강동 구청장 김충환 님의 『나의 삶 나의 꿈』에 나오는 이야기입니다. 유학을 간 친구가 있었습니다. 가난한 농부의 아들로 태어나 공부를 잘한 덕택에 서울로 유학을 왔고 또 명문대학에서 성실히 공부해서 교수님의 추천을 받아 미국유학을 떠났습니다. 그는 원래 가난한 집안의 아들인지라 충분한 학비를 지원받지 못하고 미국의 대학에서 국비 장학금을 받아 공부했습니다. 아침 점심 저녁을 햄버거로 때우고 냉기가 도는 기숙사에서 밤을 새워 공부했습니다. 열심히 공부해서 남보다 1년 먼저 박사과정을 밟았고, 논문도 교수의 칭찬을 받을 정도로 잘 썼습니다.

그런데 논문인쇄를 맡기고 돌아오는 날 친구는 배에 심한 통증을 느꼈습니다. 병원에 가서 진찰을 받아 본 결과 위암 3기라는 진단을 받았습니다. 하지만 미국에서 치료하기에는 너무나 치료비가 많이 들었기 때문에 급히 한국으로 돌아왔습니다. 서울 대학병원에서 진찰을 다시 하고 수술을 받았습니다. 그러나 그의 병세가 너무나 악화되어 끝내 숨을 거두었습니다. 장례식 날 미국의 박사학위 논문이 통과됐다는 소식이 왔습니다. 박사학위를 놓고 장례식이 치러졌습니다. 그는 미국 명문대학의 박사학위를 받으려 태어나고 그 뜻을 이룬 후 세상을 떠난 것 같았답니다. 함께 서울 대학을 나와 유학 간 친구가, 어렵게 공부를 마치자마자 세상을 떠나는 그의 이야기는 삶의 허무함을 우리에게 일깨워 줍니다.

여러분은 무엇을 인생의 행복이라 생각하십니까? 돈입니까? 명예입니까? 지식입니까? 아니면 세상의 향락입니까? 물론 그것도 우리 삶에 필요합니다. 그러나 그것으로는 인생의 진정한 행복을 누릴 수가 없습니다. 인생은 동물이 아니고 하나님의 형상을 따라 지으신 영적인 존재이기 때문입니다. 그 마음속에 창조주 하나님을 모시고 예수님을 나의 구원자로 믿고 살아갈 때 참 행복과 만족을 누릴 수가 있습니다. 하나님은 여러분을 한분 한분 너무도 사랑하십니다. 그래서 우리의 죄와 저주를 위하여 예수님을 세상에 보내셨습니다. 예수님을 믿으면 영원한 생명을 얻습니다. 예수님을 믿으면 모든 저주에서 해방되어 하나님이 주시는 놀라운 행복과 기쁨을 누리며 살게 됩니다. 그 행복을 누리며 아직도 복음을 모르는 우리 가족과 친지들에게 복된 소식을 전해 저들을 구원하는 사명자들이 될 수 있기를 축복합니다.

05

충성된 일꾼들

갈 6:7-9

스스로 속이지 말라 하나님은 업신여김을 받지 아니하
시나니 사람이 무엇으로 심든지 그대로 거두리라 8 자
기의 육체를 위하여 심는 자는 육체로부터 썩어질 것
을 거두고 성령을 위하여 심는 자는 성령으로부터 영
생을 거두리라 9 우리가 선을 행하되 낙심하지 말지니
포기하지 아니하면 때가 이르매 거두리라.

목회를 30년하고 그동안 함께 수고했던 성도 중에 누구를 개
인적으로 꼽아 그분은 충성된 분이었느냐 말한다면 함께 수고하
고 이름이 오르지 않은 이들에게는 너무도 섭섭한 일일 것이다. 그
래서 나는 장로님, 권사님, 집사님, 성도님들 중 내가 힘들 때 가
장 감동을 주었던 한 분의 이야기만 소개하려 한다. 그분은 지금
은 어디서 어떻게 살고 있는지도 모르는 평범한 교회학교 교사였
다. 개포동에서 개척교회를 하고 있을 때 처음으로 김옥례 전도사
님을 초빙해 부흥회를 열었다. 성결 신학을 나온 목사님 사모님이
셨는데 영성이 깊고 말씀이 은혜로운 분이셨다. 당시는 새벽, 오
전, 오후 하루 세 번씩 주일 오후부터 수요일 밤까지 열 시간을 집

회했는데 청년 송명희 선생이 새벽과 저녁 집회에 참석하고 은혜를 많이 받았다. 마지막 시간에 강사님은 이 교회도 이제 부흥회를 처음 여는 개척교회지만 언제까지 개척교회에만 머물 수는 없으니 건축헌금을 작정해서 하라 하셨다. 액수는 상관없이 기도 중에 자기 형편대로 헌금하라는 것이다.

부흥회를 마친 첫날 새벽, 봉고차를 운전하고 몇 안 되는 성도들을 태우고 돌아오는데 송명희 선생이 봉투를 하나 주며 건축헌금이란다. 이번 성회에 은혜를 많이 받아 기도 중에 드린 헌금이라며 말이다. 설교 마치고 기도하는 시간에 헌금이 얼만가 궁금해서 살짝 열어보았다. 그랬더니 수표였는데 600만 원이었다. 세상에, 당시 개포동 2단지 독신자 아파트가 300만 원이면 사고 은마 아파트 30평대가 3,000만 원이면 사는데 이게 웬일인가. 나는 잘못 세었나 하고 몇 번이나 동그라미를 세어 봤지만, 틀림없이 600만 원 이었다. 당시 그녀는 지하실 방에서 부모님을 모시고 3남매가 사는 상황인데 부모님은 믿지 않는 불신자였다. 그런데 어쩌자고 이런 큰돈을 건축헌금으로 드렸단 말인가?

나는 돌아가는 길에 송 선생을 운전석 옆자리에 앉히고 이게 무슨 돈이냐 물었다. 그녀는 웃으며 기도 중에 작정해서 드린 거니 묻지 말란다. 그래서 "송 선생 형편이 지금 이런 큰돈을 드릴 상황이 아니니 도로 넣어두시라. 하나님이 다 그 맘을 아신다. 나중에라도 부모님 아시면 큰일 난다" 하고 도로 주었더니 불같이 화를 내며 "내가 목사님 쓰라고 준 겁니까? 기도 중에 그동안 직장 들어가 시집가려고 모은 돈인데 하나님께 모든 걸 맡기고 드린 건데 어째서 목사님이 넣어두라 말라 하는 겁니까? 목사님이 하나님이세요?"

나는 목회하면서 성도에게 그렇게 혼나보긴 처음이었다. 나는 돌아와 강단에 엎드려 울었다.

"하나님 다 보셨죠? 이제 난 어떡해요. 도와줄 수도 없고 기도밖에 해줄 수 없으니 하나님 책임지세요. 돈 한 푼 안 들이고 시집갈 수 있게 해주세요."

그렇게 헌금을 드리고 얼마 후 집이 이사를 하게 되어 송 선생은 교회를 떠났다. 그리고 몇 해 후, 송 선생에게서 전화가 왔다.

"목사님 저 송명훈데요. 저 시집가요. 목사님 축하해주세요."

"아유 넘 반갑네. 그래 신랑은 뭐하는 사람이야?"

"외대 2학년이에요."

"그래, 군대 갔다 와서 복학을 늦게 했나 보지? 신랑이 몇 살이야?"

당시 송 선생이 33세였으니 당연히 몇 살 위면 늦은 복학생이겠지.

"아뇨. 이제 나이 26살이에요."

나는 속으로 웃으며 "그래, 어떻게 그리됐어?" 했다. 지금은 연상녀와 결혼도 많이 하지만 당시에 그런 나이 차이는 없었기 때문이다.

"그러게요. 교회 청년부에 나가며 내가 좀 잘해줬더니 어느 날 나에게 자기가 날 사랑한다며 나랑 결혼해 달래요."

송 선생은 깜짝 놀라 무슨 말도 안 되는 헛소리냐. 그런 소리 하면 이제부터는 절대 안 만난다. 했지만, 신랑은 되려 "누나. 내가 결혼을 한두 번 생각하고 말하겠어. 나 절대 그냥 말하는 거 아냐. 누나 생각만 하면 잠도 안 오고 공부도 안 돼. 나 이러다 죽을 것 같아. 나 좀 살려줘. 누나야."

"정신 차려. 좀 지나면 제정신 들 거다. 지금은 그러지만 몇 년만 지나 나 늙으면 나 같은 건 눈에 보이지도 않을 거다. 다신 내 눈앞에 나타나지도 마"라며 설득했으나 신랑은 "누나 나 절대 그런 사람 아닌 거 누나가 잘 알잖아. 나 절대 안 변해. 죽을 때까지 누나만 바라보고 살게"란다.

그 후에도 자나 깨나 전화로 사랑을 호소하며 매달렸다. 열 번 찍어 안 넘어가는 나무 없다던가? 결국, 어쩔 수 없이 그 마음을 받아줬고 군산 시댁에 인사를 하러 갔다. 그런데 시댁은 군산 갑부였다. 처음 만난 시아버님이 말씀하신다.

"애야. 아들에게 네 얘기 다 들었다. 너희 집 가난하다면서. 걱정하지 마라. 우리 집은 돈밖에 없다. 우리가 다 책임질게. 살림이니 예식비니 우리가 다 낸다. 넌 몸만 들어오면 된다. 그리고 네가 우리 애보다 나이가 많다는데 그게 무슨 문제냐. 옛날에는 꼬마 신랑하고 결혼했다. 신랑이 열 살이나 어렸어. 우리 아들이 좋다는데 뭐가 문제냐. 너희들만 잘살면 된다."

그렇게 송 선생은 돈 한 푼 안 들이고 시집을 갔다. 그리고 몇 해후 전화가 왔다. "목사님, 우리 집에 심방 오셔야죠. 우리 여의도 아파트에 살고 있어요." 가보니 딸 둘 낳고 백 평인지 몇 평인지 가장 큰 아파트에 살고 있었다. 남편이 인도네시아과 졸업하고 인도네시아와 무역을 하는데 잘 된단다.

반찬을 상다리가 휘게 차려놓고 '여보, 이것 먹어봐요. 넘 맛있다', '그래 자기도 이거 먹어봐' 하며 내 앞에서 사랑놀이에 눈꼴이 시리다. 교회에 돌아와 눈물을 펑펑 쏟았다.

'주님, 다 지켜보시고 풍성하게 갚아주셨군요. 넘 감사해요.'

교회는 가진 것 많은 이들이 세우는 것 아니다. 없어도 자기 정성을 바치는 눈물의 헌신으로 세워지는 것이다. 한울교회는 이처럼 가난한 이들의 충성들이 모여 세워진 교회다. 나는 계산에 아주 약하다. 한울교회가 아파트 안에 이주했을 때 리모델링 공사를 하는 동안 내가 돈을 맡아 공사비를 지출했다. 그런데 왜 그렇게 사야 할 물건들이 많은지, 여기저기 다니며 필요한 물건들을 사들인 후 두 달 정도 지나 공사가 끝났을 때 영수증을 맞춰보니 200

만 원 정도가 마이너스였다. 적어야지 생각하고 넘어간 것들이 누적되어 그런 결과를 낳게 된 것이다. 나는 있는 그대로를 공개하고 제직들에게 어찌할지를 물었다. 차액을 물어내야 한다면 사례비에서 공제하라고. 그랬더니 아무도 내게 물어내라는 이들이 없었다.

그렇게 무지한 나를 도와 재정부원들은 정말 착실하게 재정을 운영해줬다. 믿거라 하고 맡긴 채 감사조차 안 하는 나 같은 사람을 누군가 속이려면 엄청난 재정사고가 났을 것이다. 그런데 감사하게도 30년간 재정을 맡은 이들은 충성을 다해줬다. 그분들 모두에게 이 시간에 새삼 감사를 보낸다. 늘 구멍이 뚫린 허점투성이인 나를 용납하고 받아주신 당회 원들과 성도님을 모두에게 감사의 큰절을 올린다.

06

씨 뿌리는 마음으로

시 126:5-6

5 눈물을 흘리며 씨를 뿌리는 자는 기쁨으로 거두리로다 6 울며 씨를 뿌리러 나가는 자는 반드시 기쁨으로 그 곡식 단을 가지고 돌아오리로다.

개척교회나 작은 교회의 슬픔은 얼마 안 되는 교인들이 교회를 떠날 때다. 멀리 이사를 하여서 떠나는 건 어쩔 수 없지만, 교회 섬기기 힘들다고 떠날 때는 목회자의 가슴이 무너진다. 더욱이 그가 교회의 기둥 같은 역할을 감당했던 성도라면 슬픔의 비중이 더 커진다. 한울교회도 어렵게 버텨가며 부임 5년 차가 되어 부흥은 안 되고 지쳐가고 있는 연말에 남편은 교회 재정부장으로 안수집사이고 부인은 여전도 회장인 가정이 면담을 요청해왔다. 그래서 아무 생각 없이 만났다. 그런데 남편이 혼자 오더니 아내가 개척교회는 힘드니 교회를 옮기자고 한다며 새해부터 다른 교회로 나가겠단다. 교회 돈이 필요하면 집사님 집을 담보로 대출하는데 왜 다른 분들도 있는데 우리 집이냐며 부담스러워 떠나자 한단다. 나는 내심 차기 장로로 생각하고 믿었는데 너무나도 청천벽력이었다.

성도가 떠날 때는 그동안의 정은 한순간에 사라지고 말 한마디로 깨끗이 관계를 정리한다. 아니 말 한마디도 안 하고 떠나는 이도 있다. 떠날 때는 말 없이라 했던가!

다음 날 새벽기도 시간은 눈물과 탄식으로 흐느끼는 절망이었다. '하나님, 믿었던 집사가 간대요. 글쎄, 와도 시원찮은데 그 가정이 떠난대요. 글쎄, 이제 난 어떡해요. 교회는 부흥이 안 되고 지탱할 힘이 없어요' 엉엉 울었다. 그건 아무도 모르는 나만의 통곡이었다. 그렇게 절망에 빠져 울고 있을 때 갑자기 하나님 말씀이 떠올랐다. 시 126:5-6절 말씀이었다.

✓ 교회 표지석

이 말씀은 이스라엘 백성들이 바벨론 포로에서 전격 해방되어 성전에 올라가며 불렀던 찬양으로 그들이 해방되어 돌아온 것은 하나님이 주신 기적이며 그 기적은 그들이 포로 생활 동안 바벨론 강변에서 눈물을 흘리며 기도한 응답의 결과라는 신앙고백이다.

하나님은 이 말씀을 주시며 나에게 말씀하셨다. '너 왜 믿었던 집사가 떠났다고 낙심하냐. 너는 그동안 사람 믿고 목회했니? 그러니 목회가 안 되지. 나가서 씨를 뿌리면 거둘 텐데 씨도 안 뿌리고 목회 안 된다, 교회 부흥 안 된다, 낙심하다가 이제 안수 집사 가정 하나 떠난다고 그렇게 낙심하다니 그게 목사냐. 너 그동안 한 번도 나가서 씨를 안 뿌렸잖아. 전도하려고만 했지 전도 한 번 나가봤냐. 나가서 뿌려. 그럼 거두게 해줄게.' 이 말씀은 기도에만 적용되는 말씀이 아니었다. 전도에도 씨 뿌리는 말씀은 적용되었다. 나는 할 말이 없었다. 그래서 말씀을 붙들고 회개의 눈물을 흘리며 결단했다. 당장 나가서 씨를 뿌리자고. 그리고 주일에 성도들에게 주신 말씀을 전하며 이제 우리 모두 나가서 씨를 뿌리자며 둘씩 짝을 지어 집에 그냥 돌아가지 말고 전도하라며 전도지를 나눠주었다.

그날 저녁 집사님에게서 전화가 왔다.

"목사님, 권사님이랑 새로 입주하는 영세민 아파트가 있어서 나가봤는데 거기 나가서 전도하면 될 것 같아요. 이제 막 이사들을 오는데 반응이 괜찮아요."

"그래요. 그럼 내일 그리 나오세요, 나랑 한번 다녀봅시다."

그리고는 월요일 아침에 만나 8개 동 아파트 중에 101동 15층 맨 위층부터 벨을 누르고 다녔다. 당시가 3월이었는데 이미 12월부터 입주를 시작했지만, 전혀 모르고 있었다. 관심 없는 이에게는 전도 대상이 보이지 않는다. 101동, 102동, 103동. 그런데 103동을 다닐 때 한 남자가 전도지를 받더니 어디 있는 교회냐며 이번 주부터 나가겠단다. 전에 교회 나가다 이사 와서 교회를 못 정해 아직 안 나가고 있다는 것이다. 세상에, 5년 동안 단 한 명도 전도가 안 되었는데 단 하루 전도에 한 가정이 나오기로 작정한 것이다. 곡식은 자라야 열매를 맺는데 전도는 하루 만에 열매를 거두는구나. 하나님은 내게 확실한 약속을 증명하시기 위해 이 사람을 붙여주셨구나. 나는 그날부터 전도에 미친 사람이 되었다. 아침 식사를 마치자마자 아파트로 달려가 벨을 누르고 만나는 사람마다 전도지를 돌리고 다녔다.

아이들을 만나면 나이와 학년을 묻고 이사 오기 전에 교회 다닌 적이 있는지, 가족들은 누구고 종교는 무엇인지 작은 수첩에 빼곡곡이 적고 전화번호를 물었다. 요즘 애들은 전화번호를 안 가르쳐주거나 엉터리로 부르는데 당시만 해도 아이들이 순진해서 묻는 대로 가르쳐줬다.

"이제부터 우리 교회 나와 주일 아침 8시 반에 아파트 정문에 나오면 목사님이 태우러 올게."

나는 아이들과 단단히 약속하고 주일이면 아이들을 태워 날랐다. 청소년 아이들도 그렇게 실어 나르고. 아이들에게 가족들의 신앙정보를 알았기에 전화를 드려 교회 나오시도록 설득하고 나가는 교회 있어도 주일 오후나 수요, 금요, 새벽기도회에 나오시도록 독려했다. 예배가 많다는 건 얼마나 전도에 유익한 일인가. 생활정보지에 나오는 폐유로 만든 비누를 몇 박스 주문해서 속이 안 보이도록 검은 봉지에 들고 다니며 전도지와 함께 이사 온 가정들을 집중공략 했다.

감사한 것은 당시 1단지 관리소장이 장로님으로 사무원들에게 이사 온 가정들에 대한 정보를 가르쳐 주게 하고 도시가스 사업소와 연결시켜줘 동네 이사 오는 집의 정보를 얻게 해준 것이다. 이사 온 가정은 무조건 도시가스 업소에서 가스를 연결해줘야 하기 때문에 이건 최상의 전도 열매를 맺는 길이다. 뜻이 있는 곳에 길이 있고 열심히 전도하면 길이 열린다. 씨를 뿌리는 곳에 열매가 열리는 것이다. 그렇게 노회나 시찰회도 안가고 시간 아까워 끼니도 거르며 전도하니 매주 몇 가정씩 전도가 되어 5~6개월 전도하자 새로 얻은 지하 예배당이 꽉 찼다. 여러분은 내가 나가 전도해서 예배당이 가득 찰 때 그 감격을 아는가? 그렇게 우리 교회는 2단지 아파트 안 유치원 건물을 분양받아 안정된 목회로 나아갈 수 있었다. 그때 전도하며 깨알같이 적었던 몇 권의 전도 수첩은 나의 가장 귀한 보물이다. 그 안에 적고 기도한 분들이 대부분 한울교회 교인들이 되었기 때문이다. 한울교회 앞에는 지금도 그때 받은 말씀이 돌비로 세워져 있다. 중앙의 '씨 뿌리는 마음으로' 양쪽에 '눈물을 흘리며 씨를 뿌리는 자는 기쁨으로 거두리로다' '울며 씨를 뿌리러 나가는 자는 반드시 기쁨으로 그 곡식 단을 가지고 돌아오리로다' 부흥 안 된다고 낙심하고 있는가? 나가서 씨를 뿌려보라. 반드시 열매를 거둔다. 나가서 만나는 전도 대상자의 10%는 열매로 나타난다. 이것이 모든 전도자들의 공통된 의견이다.

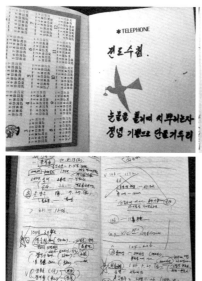

✓ 전도 노트

07

물가에 내놓은 어린애 같아요

롬 12:19-21

21 내 사랑하는 자들아 너희가 친히 원수를 갚지 말고 하나님의 진노하심에 맡기라 기록되었으되 원수 갚는 것이 내게 있으니 내가 갚으리라고 주께서 말씀하시니라 20 네 원수가 주리거든 먹이고 목마르거든 마시게 하라 그리함으로 네가 숯불을 그 머리에 쌓아 놓으리라 21 악에게 지지 말고 선으로 악을 이기라.

나는 정말 상식적으로 이해가 안 되는 사람이다. 이 나이 먹도록 뭘 배우고 살았나. 어떤 때는 스스로 생각해도 바보 중의 상 바보다. 사기꾼에게 속아 봉고차를 잃어버린 사건은 앞에서 썼다. 그것만이면 얼마나 좋겠는가. 개포동 5단지에서 목회가 어려워 교회를 옮겨보려고 부동산을 샀다. 남서울 중앙교회, 성지교회 등 크고 좋은 건물 있는 교회들이 있는데 30평대의 개척교회를 누가 오겠는가? 그래서 우선 싼 주택을 거여동에 구입했다. 그리고 수리를 해서 이익을 붙여 팔고 다시 좀 더 큰 집을 샀다. 그렇게 자꾸 넓혀 나가면 언젠가는 교회 건물이 생기겠지 싶었다. 그런데 새로 산 집이 알고 보니 주택 개발 계획에 걸려 건물이 잘려나가게 된 건물이었다. 건물이 잘리면 손해가 너무 크다. 나는 건물을 판 주인에게 물려 달라 했지만 막무가내였다. 좀 알아보고 신중했어야 하는데 경험이 없어 낭패를 당하게 된 것이다. 안절부절못하는 내 모습을 보며 어느 권사님이 한 말이 잊히지 않는다.

"목사님은 물가에 내놓은 어린애 같아요. 이제 무슨 일이든 하려면 성도들에게 물어보고 하세요."

오죽 답답했으면 그런 말을 했겠는가? 하지만 나중에 그 집은 유치원 건물을 분양받는데 크게 기여를 하게 된다. 그 집을 팔아 분양금을 낼 수 있게 된 것이다.

그 일만이 아니다. 17평 아파트 사택을 좀 더 큰 집으로 이사시키겠다 해서 은마 아파트를 사서 우선 세를 놓았다. 당시 시세가 세와 별 차이가 없었기 때문이다. 그런데 복지관을 지어 정부에서 혜택을 받으면 선교에 크게 유익하다는 정보를 받고 아파트를 팔기로 작정한다. 내가 사회복지를 공부했기에 복지사업을 할 수 있는 자격을 얻었기 때문이다. 그래서 부동산을 통해 아파트를 매각했는데 팔자마자 아파트 재건축 소문이 돌면서 은마 아파트 가격이 천정부지로 오르기 시작했다. 아뿔싸. 팔려면 정보를 좀 더 알아보고 신중했어야 하는데 그만 실수를 한 것이다. 하지만 어쩌겠는가? 이미 팔린 것을! 나는 여기저기 복지관에 적합한 땅을 찾아 경기도와 강원도 일대를 헤맸다. 그리고 홍천 골짜기에 4,300평배 밭을 구입했다. 복지관을 지어 노인들 소일도 하고 수익도 얻겠다는 계산이었다.

하지만 그것은 착각이었다. 4,000평이 넘는 땅에 배나무 3,000그루가 어디 가당키나 한 일인가. 거름 주는 일부터 꽃 따주기, 열매 따주기, 소독하기, 김매주기, 제초제 뿌리기, 가지 쳐주기, 봉지 씌우기, 등 나와 교역자들과 충성된 성도들은 매주 몰려가 1년 동안 죽을 고생을 치르고 겨우 원가에 팔았다. 팔렸으니 망정이지 못 팔았으면 우린 기진맥진 쓰러졌을 것이다. 배 농사가 뭔지도 모르고 꿈만으로 달려든 결과였다. 이러니 성도들에게 무슨 할 말이 있겠는가. 나는 다른 장소를 찾다가 동생 이정우 목사를 통해 목감 땅 1,800평을 구입하게 되었다. 당시 함께 사회 복지학을 공부한 여전도사가 자기 복지관에 붙은 땅을 주인이 내놓았다며 사기를 권유해 구입하게 된 것이다. 그곳은 목감 톨게이트 바로 근처 산자락 아래 복지관을 지을 수 있는 최적의 장소였다. 개포동에서 30분이면 가는 거리다. 그런데 문제는 농지를 구입할 때는 그 지역에 거주하는 주민들만 등기할 수 있다는 것이다.

전도사는 우선 자기 이름으로 등기하고 복지관을 지을 때 이사하면 된다 했다. 그래서 계약서에만 한울교회에서 구입한다는 내용을 명시하고 전도사 이름으로 등기를 했다. 전도사는 장애인 복지관, 우리는 노인 복지관을 나란히 지어 함께 서로 도우며 복지

사업을 하기로 약속했다. 그런데 얼마 후 어느 목사로부터 그 땅을 자기가 샀으니 자기에게 넘기라는 우편물이 배달되었다. 이게 무슨 소린가. 전도사에게 물으니 복지관 운영이 어려워 자기 이름으로 된 그 땅을 그 목사에게 담보로 2억을 썼다는 것이다. 이 얼마나 황당한 일인가. 믿는 도끼에 발등 찍힌다는 말이 여기 해당한다. 우리가 소송을 걸어 전도사의 복지관을 대신 가져올 수도 있다. 아니면 사기죄에 해당되어 감옥에 가게 되니까. 하지만 전도사를 집어넣고 비슷한 대지인 그 복지관을 빼앗는다면 과연 하나님은 뭐라고 하실까. 나는 1억을 손해 보고 2억만 받고 땅을 넘겨주었다. 지금 가산 아울렛 콩깍지교회를 가며 그곳을 지날 때마다 헛웃음이 솟아오른다. 그 전도사는 지금 복지관을 잘 운영하고 있을까? 운영도 잘못하는 그 복지관을 그때 뺐었어야 하는데, 나는 정말 물가에 내 논 어린애 같은 바보 목사다.

08

올빼미처럼

쇼펜하우어

어리석은 일 중에 가장 어리석은 일은 이익을 얻기 위
해 건강을 희생하는 것이다.

나는 현역시절 하루 4시간 정도 자면서 활동했다. 그건 아마 군 시절 밤에 일보 작업을 하던 생활이 몸에 배지 않았을까 한다. 내가 근무하던 20사단은 올빼미 부대다. 24시간 철저히 전방을 지킨다는 의미의 상징용어일 것이다. 그래서 나는 스스로 올빼미 같은 삶이라 부른다. 내가 잠을 덜자고 내 가정과 교회를 지킨다는 의미다. 자면서도 잘 지키는 게 유능하고 지혜로운 일 일지도 모르겠지만, 그렇게 바보처럼 우직하게 내가 정한 규율을 지켜왔다. 피곤하면 의자에 기대 책상에 다리 올리고 잠깐씩 눈을 붙인다. 그러면 피로가 풀리고 활동에 지장이 없다. 책을 보고 글을 쓰고 자료들을 모으고 운동하고 새벽부터 밤까지 내게 주어진 하루를 기치 있게 보내려고 애를 쓴다. 불과 백 년도 안 되는 시간에 어찌 헛된 시간을 보낼 수 있겠나. 그렇게 살아도 하루가 금방 가고 일주일, 한 달, 1년이 순식간에 지나간다.

이런 올빼미의 삶은 은퇴 후에도 여전히 계속되었다. 글을 쓰든 자료를 정리하든 한번 일을 시작하면 끝을 보고야 자는 습관으로 어떤 때는 두 시까지도 책상에 붙어있다. 이후 4시 20분에 일어나서 새벽기도에 가야 하니 자는 듯 마는 듯 일어나 새벽기도를 다녀온다. 그리고 나서야 잠시 눈을 붙이고 일어나는데 이상하게 걸음이 제대로 걸어지지를 않는다. 자꾸 어지러우면서 엉뚱한 방향으로 비틀거리며 걷는다. 왜 이러지 하고 다시 걸어도 여전히 빙빙 돌면서 제자리걸음이다. 겁이 덜컥 난다. 뇌에 이상이 있어 이렇게 걷지도 못하고 불구가 되면 어쩌나. 아내가 그런 사실을 가족 카톡방에 올리고 기도를 요청하자 양주 이정숙 전도사가 전화했다. 빨리 양주로 와서 신경외과에 가서 진찰하잔다. 요양사로 나가며 자주 가는 병원이 있는데 아주 잘 본다며. 뇌에 이상이 있을지 모르니 속히 오라는 것이다. 다행히 차도가 조금 있어 운전에는 이상이 없어 양주로 달려갔다.

그리고 원장을 만나 상담하고 CT 촬영을 했다. 이분은 강남 성모병원에서 뇌수술을 많이 한 유명한 분이셨는데 촬영 결과를 넣고 자세히 설명해 주시는데 뇌에는 아무 이상이 없다며 귀에 이상이 있으니 그쪽으로 가보라는 것이다. 그래서 소개를 받아 강남 '소리 이비인후과' 병원에 가서 진찰결과 귀 안에 몸의 균형을 잡는 기능이 있는데 거기에 이상이 있단다. 원인은 너무 과로해서 신경

계통에 이상이 왔단다. 그리고 검지를 앞으로 내밀고 좌우 상하로 움직이며 눈동자를 맞추는 훈련 등 몇 가지 치료 방법을 알려주었다. 그대로 했더니 금방 정상으로 돌아왔다. 세상에, 얼마나 간단하고 감사한 일인지. 지금도 매일 귀를 접고 검지로 두들기는 동작을 아침 20번씩 반복한다. 그러면 북 치는 소리가 나며 어지럼증을 예방할 수 있다.

다음부터는 가능하면 12시 이전, 11시에는 자려고 노력한다. 운동을 열심히 하지만 가장 중요한 것은 잠이다. 피곤한 육체에 잠을 주신 것은 얼마나 신기하고 귀한 축복인가. 하나님이 우리에게 피곤을 회복하라고 잠을 주셨는데 우리는 그 귀한 복을 누리지 못하고 몸을 혹사한다. 너무 몸이 무리하면 돌이킬 수 없는 상황이 닥쳐옴을 깨달았다. 잠이 가장 중요한 보약이다. 잠을 통해 쉼을 누리는 것이 최우선이다. 건강할 때 몸을 지키지 못하고 무너지면 모든 것은 끝장이다. 병은 예방이 우선임을 명심하고 다짐하고 또 다짐하자. 기본적인 잠은 반드시 자고. 우리 모두 이제는 올빼미 증후군에서 벗어나자.

능률의 비결

어느 마을에 성실하기로 소문난 두 나무꾼이 장작을 패러 산에 함께 갔습니다. 두 사람은 똑같은 도끼를 가지고 반나절 동안 나무를 베었는데 어찌 된 일인지 서로 쌓인 장작의 짐이 달랐습니다. 이렇게 차이가 나게 된 이유는 바로 두 사람의 일하는 방법의 차이였습니다. 한 나무꾼은 쉬지도 않고 계속 나무를 베었고 나머지 나무꾼은 1시간 나무를 벤 후 10분 쉬기를 거듭했습니다.

그런데 나중에 결과를 보니 쉬지 않고 일한 나무꾼보다 10분씩 쉬며 일한 나무꾼이 더 많은 나무를 가지고 있었던 것이었습니다. 이를 보고 쉬지 않고 일했던 나무꾼이 의아해하며 물었습니다.

"쉬지도 않고 일한 나보다 어떻게 더 많은 나무를 벨 수 있었지?"

"간단하네, 나는 10분 쉬는 동안 도끼날을 갈았다네."

중요한 일을 앞두거나 혹은 너무 몰두한 나머지 종종 휴식의 중요성을 잊을 때가 있습니다. 하지만 '잘 쉬는 것도 일을 잘하는 것'이라는 인생 선배들의 말처럼 잘 쉬는 방법을 아는 것은 일의 능률을 높이는 데 중요합니다. 나무꾼이 자신의 도끼날을 다듬었던 것처럼 지친 마음과 무뎌진 의지를 새롭게 다듬는 휴식의 시간을 보내보세요.

휴식은 게으름도, 멈춤도 아니다. 일만 알고 휴식을 모르는 사람은 브레이크 없는 자동차와 같이 위험하기 짝이 없다. 그러나 쉴 줄만 알고 일할 줄 모르는 사람은 모터 없는 자동차와 마찬가지로 아무 쓸모가 없다.

- 헨리 포드

09

그 나이에 여긴 왜 오세요

브라우닝

위대한 사람은 단번에 그와 같이 높은 곳에 뛰어오른
것이 아니다. 동반자들이 밤에 단잠을 잘 때 그는 일어
나서 괴로움을 이기고 일에 몰두했던 것이다. 인생은
자고 쉬는 데 있는 것이 아니라 '한 걸음 한 걸음' 걸어
나아가는 데 있다.

나는 배움에 목마른 사람이다. 목회에 도움이 된다면 어디든
쫓아다녔다. 벧엘성서 대학, 옥한흠 제자훈련, 온누리 일대일 제자
양육, D-12, 알파 사역, 치유사역, 새벽기도 총진군, 해피데이 총
력전도, 등 은퇴를 앞둔 말년에 어느 세미나에 갔더니 후배 목사가
내게 한 말이 귀에 쟁쟁하다.

"목사님, 여기서 또 만났네요. 내가 가는 세미나마다 목사님이
항상 와 계세요. 목사님 연세는 후배들에게 가르칠 땐데 그 나이
에 여긴 왜 오세요?"

그의 말이 맞다. 난 말년까지 뭔가 도움되는 곳이라면 열심히
쫓아다녔다. 그랬기에 바보 목사지만 그나마 할 수 있었다고 생각
한다. 가서 배워서 교회서 나름대로 교회 형편에 맞게 적용을 했

다. 주일 오후 예배 끝나고, 주간 저녁 시간에 열심히 제자훈련 사역을 했다. 모든 임직자들과 앞으로 임직을 하고 싶은 후보자는 반드시 해야 한다고 엄포를 놓으면서 말이다.

그래서 지도자들이 황당했을 거다. 구역이랬다. 다락방이랬다. 셀이랬다. 어느 분은 왜 그렇게 자꾸 이름을 바꿔 혼란하게 하느냐. 우리 보기엔 그게 그거니 이름 좀 바꾸지 말고 하나로 오래가자 했다. 그 말이 맞다. 하지만 난 곧이곧대로 배우는 대로 했다. 바보 목사가 하자는 대로 불평하면서도 따라준 성도들이 고맙다. 내가 배워서 적용한 것 중 새벽기도 총진군과 해피데이 총력전도는 지금 생각해도 잘한 것이라 생각한다. 1년에 두 번은 전교인 새벽기도 총진군을 통해 기도훈련을 시켰다. 아이들부터 청소년 어른까지. 그래프에 스티커를 붙여가면서 각 기관들이 사회와 찬양, 예배 진행을 맡아서 처음엔 하루 두 번씩 진행했다. 계속할 걸 하나로 축소한 게 잘못이다. 아이들도 21일 동안 눈 비비고 강단에 올라와 예배드리던 모습이 눈에 선하다. 그렇게 21일간 훈련하면 꼭 기도자들이 생겨난다. 나도 모르게 기도가 습관이 되기 때문이다. 나는 이 기도훈련을 전 교인들이 한 해 두 번씩 반드시 해야 한다고 생각한다.

해피데이 전도는 3개월을 진행한다. 전체 진행표를 짜고 매주

할 일을 제시하고 진행위원들이 매주 모여 이번 주 할 일들을 정하고 매뉴얼대로 진행한다. 아는 이들을 대상으로 하는 연고 전도다. 먼저 7명을 정하고 한 주 동안 기도하며 그들 중 3명을 정하고 그들을 위해 기도하며 이번 주는 작은 선물하기 하면 주일마다 선물을 나눠준다, 그렇게 진행하며 3개월간 매주 전도설교에 집중한다. 정말 전도 안 하면 안 될 만큼 부담을 준다. 그랬기에 해피데이 총진군 날이면 수많은 이들이 초청되고 그 일을 계기로 절반 가까이 교회에 정착하게 되는 것이다. 그날은 왜 예수를 믿어야 하는가? 복음을 전하고 모두 일어나 영접 기도를 통해 결단하게 하는 것이다. 그때의 그 행복과 기쁨을 다시 누리고 싶다. 그렇게 안 하면 아무리 강조해도 전도 안 한다. '목사님이 자꾸 거룩한 부담을 줘서 나도 모르게 누군가를 보면 전도하고 싶은 마음이 생겨요.' 이게 얼마나 엄청난 고백인가! 교회는 전도가 살아야 한다. 이 코로나로 전도가 사라져 가는 시대에 다시 전도의 불을 붙이는 것이 한국교회의 급선무라 생각한다.

목회를 은퇴하기까지 아니 은퇴 후에도 꾸준히 배우려는 자세. 그 마음을 모든 목회자들이 끝까지 갖게 되기를 기도한다. 배우려는 겸손한 마음에 하나님의 은총이 단비처럼 내리다.

사람들은 자신이 원하는 것을 쉽게 얻으려 한다. 그렇기 때문에 노력하는 것을 싫어하고, 적당하게 이루어지기만을 바란다. 성공한 사람들의 대부분은 자신 스스로 부단한 노력을 했기 때문에 성공을 이룰 수 있었다. 이름난 명의가 되기 위해서 의대생 시절 엑스레이 사진을 수천 장 이상을 들여다보아야 한다. 그런 노력이 있어야 환자의 엑스레이 사진을 한 번 보고는 무슨 병에 걸렸는지 정확하게 판독을 할 수 있다. 한 권의 소설을 쓰기 위해 작가는 원고지에 수많은 글을 썼다 지웠다를 반복해야 한다. 결국은 구겨진 원고지가 방안을 가득 메우고 나서야 마음에 드는 작품 하나가 완성될 수 있는 것이다.

원하는 것을 얻기 위해서 더욱더 많이 생각하고, 더욱더 많이 노력함으로 세워진 계획들과 마음먹은 뜻들이 아름답게 이루어지는 가운데 항상 만족하고, 풍요로워질 수 있는 삶들이 되시기를 바란다.

바보 목회의 감동 스토리가 가슴을 울린다

데일 카네기

바람이 불지 않을 때 바람개비를 돌리는
방법, 내가 앞으로 달려나가는 것.

바보 목회 이야기를 쓰다 보니 난 참 어처구니없는 바보 목사였다. 지난 이야기들을 읽으며 나 스스로 감동되어 눈물이 흐른다. 정말 나 같은 바보가 어떻게 여기까지 왔을까? 그것은 오직 하나님의 은혜 아니면 불가능한 일이었다. 하나님께서 너무도 부족한 나이기에 감싸주시고 어루만져 주시며 여기까지 이끌어 주신 것이다. 하지만 바보이기를 참 잘했다는 생각이 든다. 그랬기에 하나님의 은혜를 더 많이 누린 것이 아닌가. 우직스럽게 한 가지를 정하면 꾸준히 그 길을 가는, 그리고 더 많이 양보하고 포기하고 품어주는 목회. 그런 목회자들이 이 땅에 많아지기를 기도한다. 그 바보스러움에 감동을 주는 사람으로 나의 생애가 다 할 때까지 내게 주어진 길을 달려가다 주님 앞에 서기를 소원한다.

✓ 둘째 아들 가족

Part 4

바보 목사의 세상을 향한 힐링편지

눅 6:38
주고 베푸는 삶을 위하여

주라 그리하면 너희에게 줄 것이니 곧 후히 되어 누르고 흔들어 넘치도록
하여 너희에게 안겨 주리라 너희가 헤아리는 그 헤아림으로 너희도 헤아림
을 도로 받을 것이니라

01

글쓰기 - 전 세계 유일한 힐링편지 온라인 목회

하버드대학 논문

97%의 사람들은 목표가 추상적이거나 전혀 목표를 갖고 있지 않았다.

은퇴 후 내가 정한 힐링편지는 아주 탁월한 선택이었다. 나의 일상 모든 것들을 세심하게 고백하는 일기를 보면서 독자들은 자기 삶을 돌아본다. 그리고 그 안에서 자신의 삶을 치유하게 되는 것이다. 이 온라인 목회는 코로나 19도 걱정 없고 거리나 국경도 없다. 매일 아침이면 '띵똥'하고 배달되는 것이니 이보다 더 대단한 목회가 어디 있겠는가. 전 세계 나만이 하는 유일한 온라인 목회이다.

참고로 여기 매일 보내는 힐링편지의 앞부분을 그대로 실어본다. 그 뒤에는 많고 좋은 글들과 건강정보, 영상자료들이 따라붙는다.

'당신은 행복하신가요?'

어제는 지난번보다 조금 더 큰 스테인리스 용기를 사기 위해 다이소에 들렀습니다. '밀폐 찬통'이라 되어있는데 4각형으로 된 1.2L 용기가 5,000원입니다. 지난번 산 건 둥근형으로 아마 절반 정도의 크기일 겁니다. 보기는 좋은데, 사용해 보니 용량이 적고 담기가 불편해 다시 샀는데 이건 가격은 같은데, 아주 좋네요. 작은 세 개짜리 키친 과도도 2,000원에 샀는데 독일제 '기셀' 과도와는 비교가 안 될 만큼 질이 떨어지네요. 독일제도 인터넷으로 사면 현지보다 훨씬 쌉니다.

집에 돌아와 아내와 성신 한방병원에 가서 진료를 받았습니다. 지난주 부흥성회 때문에 못 갔는데 아내가 가자 해서 다녀오며 수진동 사무소에서 백신주사를 예약하고 왔습니다. 아내가 하도 보채서 6. 14일 첫 번, 8월에 두 번째 예약입니다. 그리고 한국통닭집에서 만원에 통닭 세 마리를 튀겨왔습니다. 여긴 맛이 특이합니다. 약간 매콤한데 맛이 있어요. 세 가지 약초를 넣고 껍질을 얇게 튀기는 게 비결이라고 방송을 틀어주네요. 맛은 최고, 가격은 최저라서 엄청 팔립니다.

저녁에 생명선교회 박지순 목사가 꽃바구니를 들고 왔습니다. 스승의 날에 카네이션을 준비했는데 93세 시어머님 모시느라 올 시간이 없어 시들어 다시 만들었다면서, 오늘 낮에 시간 있느냐 해서 미뤘는데 그럴 줄 알았으면 점심이라도 함께 먹을 걸 그랬습니다.

오갈 데 없는 청소년들을 돌보다 이제는 여자애들 7명을 돌보려고 그룹홈을 천호동에 만들었습니다. 행정이 복잡한데 이제는 요령을 알았다네요. 어떻게 하는 방법을 몰라 정부와 지자체 지원을 다 이단들에 빼앗긴다는데 박 목사가 그 길을 텄습니다. 앞으로 우리 교회들도 이런 복지사업에 관심을 가져야겠습니다. 관심 있는 분들은 연락해보세요. 코로나 시대에 청소년들을 믿음의 길로 이끌 수 있는 너무 좋은 방안입니다. 박 목사는 노하우를 많이 갖고 있어요.

오늘은 제가 가정의 달에 설교한 내용 중 부부의 날을 맞는 주간에 설교한 내용 중 일부를 싣습니다. 사랑한다면서도 서로가 상대를 이해하지 못하고 내 기준에 상대를 맞추려다가 실망하고 갈등하다 깨지는 가정들이 너무 많죠.

잃어버린 첫사랑을 회복하셔서 남은 생애 행복을 누리는 가정되시기를 기도합니다.

'당신은 행복하신가요?'

외국에 있는 아들이 결혼하게 되었습니다. 아버지가 축하 편지를 썼습니다. 남편이 아들에게 뭐라고 쓰나 궁금했든지 아내가 옆에 다소곳이 앉아 남편이 써내려가는 편지를 읽고 있었습니다.

'결혼은 참으로 달콤하고 행복한 것이다. 아들아 너는 참으로 소중한 결단을 했다. 이 아버지가 행복하듯이 너도 반듯이 행복할 것이다. 아버지의 가정생활이 멋있듯이 너도 멋있는 삶을 반드시 살아가게 될 것이다.'

아내가 읽다가 말고 흐뭇해서 밖으로 나갔습니다. 그런데 아내가 나가자 아버지가 재빨리 첨언을 했습니다.

'방금 네 엄마가 나갔다. 이 바보 멍청아 결혼은 무덤이야. 너는 이제부터 죽었다.'

'여러분의 가정은 천국과 같습니까? 아니면 지옥과도 같습니까?'

미국의 사회학자 피터 버거는 오늘 현대인의 정신적 방황을 'Homeless Mind' 즉 '가정을 잃어버린 마음'이라 했습니다. 마음 편히 쉴 곳인 가정을 잃어버린 것이 오늘 현대인의 정신적 방황의 근본 원인이라는 말입니다. 시인 괴테는 "임금이든 백성이든 자기 가정에서 평화를 찾는 자가 가장 행복한 인간이다" 카울리는 "정다운 내 집이 없으면 온 세상일지라도 커다란 감옥에 지나지 않는다"고 했습니다.

현대라는 시대는 우리 인간이 그동안 누려보지 못했던 생활의 풍요를 가져다주었습니다. 최첨단 과학 문명으로 편리함과 품격 높은 삶의 질을 보장해 주었습니다. 그러나 우리 인간은 그 대가로 결코 잃어서는 안 될 것들을 많이 잃어버렸습니다. 그중에 첫손가락에 꼽히는 것이 바로 가정입니다.

결혼 후 1년째쯤 된 아내들은 '좋은 남자를 만났다고 생각합니까?'하는 설문에 대해 98%가 '예'라고 대답을 합니다. 그런데 결혼 후 2년 정도만 지나면 통계는 뚝 떨어져서 거의 절반인 56%만 '예'라고 합니다. 더 나가서는 10년쯤 되면 단지 6%만 '예'라고 대답을 하고 있습니다. 그런데 결혼한 지 20년이 지난 뒤에는 무려 95%가 '예'라고 대답을 하더라는 것입니다. 이 통계를 제시하면서 딘 마틴은 말하기를 "부부가 상대를 이해하고 한 짝으로서 안정감을 가지려면 적어도 20년은 걸린다. 그러므로 20년 이전에 헤어지는 것은 조급한 결정이다. 부부의 사랑이란 적어도 10년, 20년, 이렇게 무르익어 갈수록 온전해지는 것이다"라고 했습니다.

기독교 상담학자인 J. 애덤스라는 훌륭한 상담학자가 있습니다. 한번은 한 부인이 찾아왔는데 자기 남편하고 살 수가 없다는 겁니다. "왜요?"라고 물었더니 꼬깃꼬깃 대학노트 한 권을 가지고 왔는데 지난 15년 동안 남편의 어떤 말 한마디, 남편의 실수, 남편의 부족한 점, 허물을 깨알 같은 글씨로 새까맣게 적어놓았는데 남편의 실수를 색인 표까지 만들었습니다. 통계 목록까지 만들었습니다.

빨간 줄, 파란 줄 좍좍 그어놓고 보여주면서 이런 남편하고 어떻게 사냐는 것입니다. 애덤스가 그녀에게 말합니다.

"바로 모든 문제가 이 노트 안에 있군요. 이 노트를 깨끗이 당신의 가슴에서 태워버리기 전까지 당신은 가정을 가질 자격이 없는 여인이오. 돌아가시오."

중요한 것은 늘 잃어버린 첫 마음을 되찾는 것입니다.

그는 40대의 힘없는 가장입니다. 구조조정 물살에 휩쓸리지 않으려고 안간힘을 쓰는 직장인이었습니다. 그러나 집에선 아무 내색도 할 수가 없습니다. 상관의 질책과 무거운 업무에 시달리고 아랫사람 눈치 보고 이리 치이고 저리 치이며 그는 점점 작아져만 갔습니다. 그의 아내 역시 불행했습니다.

"휴, 또 적자야"

구멍 난 가계부가 싫고 허리띠를 졸라매야 하는 구차한 살림이 싫고 돈을 더 펑펑 쓰고 싶었습니다. 생각하면 가슴이 자꾸만 팍팍해져 갔습니다. 이렇게 살려고 결혼한 건 아닌데, 자꾸 그런 생각이 들었습니다. 이래저래 늘어가는 짜증과 주름살뿐, 짧은 대화조차도 부부의 식탁을 떠난 지 오랩니다.

결혼기념일, 아침부터 토라져 얼굴을 붉히고 있는 아내에게 그는 아주 특별한 선물을 주기로 마음먹었습니다.

"당신 나랑 같이 어디 갈 데가 있어."

아내는 기쁜 마음으로 남편을 따라나섰습니다. 내심 아내는 백화점 쇼핑이나 근사한 외식을 기대했지만, 그가 아내를 데려간 곳은 백화점도 레스토랑도 아니었습니다. 얼음집, 쌀집, 구멍가게가 죽 늘어서 있고, 게딱지 같은 집들이 다닥다닥 붙어있는 그곳은 부부가 신혼살림을 차리고 장밋빛 달콤한 꿈을 꾸던 달동네였습니다. 부부는 자기들이 신혼 시절 세 들어 살던 쪽방을 찾아갔습니다.

그리고 부부가 그 창 너머로 본 것은 초라한 밥상 앞에서도 배가 부르고, 아이의 재롱만으로도 눈물 나게 행복한 아내와 남편, 바로 10년 전 그들의 모습이었습니다. 한참을 말없이 서 있던 아내가 소매 끝으로 눈물을 훔치며 말했습니다.

"여보, 우리가 첫 마음을 잊고 살았군요."

"그래, 첫 마음."

첫 마음, 그것은 세상 그 무엇과도 바꿀 수 없는 값진 결혼선물이었습니다.

살아가면서 겪는 순수한 이야기들을 모아 TV에서 동화식으로 엮어 방송한 내용을 모아 놓은 책에 나오는 이야기입니다. 직장에서 지치고 피곤한 남편, 가정에서 점점 왜소해지는 남편, 이를 이해하지 못하고 점점 짜증 내고 행복을 잃어 가는 아내에게 남편이 결혼기념일에 아내에게 마련한 선물은 10년 전 가난했던 달동네의 쪽방을 보여주는 것이었다는 이야기가 가슴 찡한 감동을 줍니다.

우리도 어느새 가난하고 힘들고 어려웠던 시절을 잊고 더 큰 것을 바라며 행복을 잃어 가는 모습을 갖고 살고 있지는 않은가요?

- 이형우 목사의 한울교회 부부 주일 설교 중에서

02

부부 – 아름다운 부부는 최고의 예술 작품이다

소크라테스

반드시 결혼하라. 좋은 아내를 얻으면 행복할 것이다.
악처를 얻으면 철학자가 될 것이다.

작가 레프 톨스토이

행복한 결혼 생활에서 중요한 것은 서로 얼마나 잘 맞
는가 보다, 다른 점을 어떻게 극복하느냐이다.

하나님 은혜로 나는 좋은 아내를 만나 행복한 여정을 여기까지
걸어왔다. 에덴에서 아담에게 이끌어 오신 하와를 배필로 주시듯
우리의 만남은 우연이 아닌 하나님의 은혜였다. 그런 뒤에는 서로
의 노력으로 아름다운 예술 작품을 만들어가야 한다. 자칫하면 하
와가 뱀의 유혹을 받아 선악과를 따먹고 아담도 덩달아 죄를 지은
뒤 어째서 죄를 지었느냐는 하나님의 책망 앞에서 '하나님이 내게
주신 여자. 그 여자 때문입니다'라고 상대에게 책임을 돌리고 심지
어 '뼈 중의 뼈요 살 중의 살이라' 기뻐했던 배필을 주신 하나님까
지 원망하게 되는 것이다.

가정은 우리가 만들어가야 할 최고의 작품이다. 조심스럽게 깎

고 다듬어 가는 아름답고 조화로운 예술품이다. 서로가 말을 조심하며 위로하고 격려하며 모두가 보기에 최고의 작품을 만들어가야겠다. 물질이나 환경은 그리 중요하지 않다. 에덴에 현대식 최고급 시설이 갖춰져 행복했었나? 사랑이 있는 곳이 이 땅의 천국이며 그곳에 위대한 명품이 탄생하는 것이다. 아래는 가정의 달에 힐링편지에 쓴 내용이다.

'위대한 가정'

1902년 자동차 조립에 성공하여 세계적인 부호가 된 자동차 왕 헨리 포드는 가정을 소중하게 생각한 사람이었습니다. 노년이 되어 은퇴한 헨리 포드는 고향에 내려가 작은 집을 짓고 살았습니다. 친구들은 말했습니다.

"백만장자의 집치고는 너무 작은 집이 아닌가?"

그러자 헨리 포드는 분명한 어조로 친구들에게 대답했습니다.

"이 사람아, 진정한 가정은 크기가 문제가 아닐세. 그 속에 사랑이 있느냐 없느냐가 문제네. 사랑이 있으면 작은 집도 위대한 가정이며 사랑이 없으면 대리석으로 지은 거대한 집이라도 금방 무너지고 말 걸세."

행복한 가정은 집의 크기에 의해 결정되지 않습니다. 큰 집이 아니라 작은 집이라도 사랑이 충만한 가정이 위대한 가정입니다. 사랑이 가득한 집에서 자란 사람들은 조금 부족해도 위축되지 않으며, 그 어떤 어려움과 아픔도 함께 이겨나갈 힘을 가지고 있습니다.

여러분의 가정도 사랑이 충만한, '위대한 가정'이 되길 소망합니다.

저녁 무렵 자연스럽게 가정을 생각하는 사람은 가정의 행복을 맛보고 인생의 햇볕을 쬐는 사람이다. 그는 그 빛으로 아름다운 꽃을 피운다.

- 베히슈타인

✓ 부부 사진

우정 - 우정은 인생에 빛을 더해준다

헨리 애덤스

힘 있을 때 친구는 친구가 아니다.

아리스토텔레스

친구는 제2의 자기다.

내게는 어렸을 적 죽마고우가 있다. 그 친구는 늘 함께 붙어 다니며 지냈던 친구다. 결혼하고 각자의 삶에 매여 가까이하지 못하던 시절이 오랜데 이제는 친구가 가게를 내어 더 가까이하기 힘들다. 하지만 우리는 늘 마음으로 서로의 잘됨을 바라며 기도하고 있다. 우리가 살아가면서 이렇게 오래된 친구들도 필요하지만 가장 좋은 건 늘 곁에서 함께하는 친구들이다. 그가 나보다 나이가 적든 많든 그건 중요하지 않다. 자주 만나고 어울리고 위로와 격려가 되어주는 친구가 곁에 있으므로 인생은 아름답게 빛나고 더 여유롭고 풍성한 인생을 살게 된다.

내게는 그런 친구들이 많다. 아주 가까이 사는 친구도 있고 좀 거리가 먼 친구도 있다. 자주 혹은 매주 만나는 친구도 있고 몇 달에 한 번 만나는 친구도 있다. 전화로 자주 혹은 가끔 통화하는 이도 있고 매일 카톡을 통해 대화를 주고받는 친구들도 있다. 때로는 만나서 식사하기도 하고 함께 여행을 떠나기도 한다. 그렇게 함께하지는 못해도 늘 마음에 두고 있는 이들, 나는 그분들을 무엇보다 소중히 여긴다. 그분들은 내 인생을 황금빛으로 빛나게 해주는 보물이다. 아래 친구에 대한 힐링편지의 글을 실어본다.

좋은 친구가 되어주세요

미국의 어떤 도시에서 한 사람이 자기 죽음을 예감했습니다. 그런데 그에게는 그의 재산을 물려줄 상속자가 없었습니다. 그는 죽기 전 변호사에게 자신이 죽으면 새벽 4시에 장례를 치러달라고 부탁했습니다. 그리고 유서 한 통을 남기고는 장례식이 끝나면 참석한 사람들 앞에서 뜯어 읽어달라고 부탁했습니다. 새벽 4시에 치러진 장례식에는 불과 네 사람만 참석하였습니다. 고인에게는 많은 '친구'들과 지인들이 있었지만 이미 죽은 '친구'의 장례에 참석하기 위해 새벽 일찍 잠자리에서 일어나는 것은 정말 귀찮고 쉽지 않았던 것입니다.

그런데도 새벽 4시에 달려와 준 네 사람은 진정 그의 죽음을 애도했고 장례식을 경건하게 치렀습니다. 드디어 변호사는 유서를 뜯어 읽었습니다. "나의 전 재산 4천만 달러(한화 4,800억 원)를 장례식에 참석한 사람들에게 고루 나누어 주시기 바랍니다." 이것이 유서의 내용이었습니다. 장례식에 참석한 네 사람은 각각 천만 달러(1,200억 원)씩 되는 많은 유산을 받았습니다. 그 많은 유산을 엉겁결에 받은 네 '친구'들은 처음엔 당황했지만, 그의 유산이 헛되이 쓰이지 않도록 사회에 환원하여 고인의 이름을 딴 도서관과 고아원 등을 건립하여 '친구'에게 보답하였습니다.

나는 행복한 바보 목사입니다

'밀레와 친구 화가 루소'

'이삭 줍는 여인들', '만종'으로 유명한 화가, 장 프랑수아 밀레는 무명 시절 가난했습니다. 그림은 인정받지 못했고, 작품이 팔리지 않아 늘 가난에 허덕였습니다.

그러던 어느 날, 절친한 친구인 테오도르 루소가 찾아왔습니다. 루소는 막 화단에서 이름을 날리고 있었습니다. 그는 밀레에게 기쁜 얼굴로 말했습니다.

"여보게, 자네의 그림을 사려는 사람이 나타났네."

그때까지 무명에 불과했던 밀레는 기쁘면서도 한편으로는 의아했지만, 루소는 돈을 꺼내며 말했습니다.

"내가 화랑에 자네의 그림을 소개했더니 구매 의사를 밝히면서 구매인은 급한 일 때문에 못 오고, 내가 대신 왔네. 그림을 내게 주게."

루소가 내민 300프랑은 그때 당시엔 상당히 큰돈이었습니다. 입에 풀칠할 것이 없어 막막하던 밀레에게 그 돈은 생명줄이었고 자신의 그림이 인정받고 있다는 희망을 안겨 주었습니다. 이후 밀레의 그림이 화단의 호평 속에서 하나둘 팔려나가자 생활에 안정을 찾았고, 보다 그림에 몰두할 수 있었습니다. 몇 년이 지난 뒤, 경제적 여유를 찾게 된 밀레는 루소의 집을 찾아갔습니다. 루소의 방안에 자신의 그림이 걸려 있는 것을 발견한 밀레는 자신의 그림을 사 주었던 구매인이 친구였다는 사실을 알게 됐습니다. 밀레는 친구의 배려심 깊은 마음을 알고 눈물을 글썽였습니다.

진정한 친구는 내가 어려움에 부닥쳤을 때 묵묵히 곁을 지켜주는 존재입니다. 부도 명예도 모든 것을 잃어버렸을 때, 그래서 주변의 모든 사람이 내 곁을 떠났을 때, 가만히 다가와서 손을 내밀어 주는 단 한 사람, 그것이 친구입니다.

#오늘의 명언

역경은 누가 진정한 친구인지 가르쳐준다.

- 로이스 맥마스터 부욜

04

여행 - 인생은 사랑이 있는 단 한 번의 여행이다

김영하의 산문 〈여행의 이유〉에서
여행은 오디세우스가 전쟁을 마치고 고향으로 돌아오는
과정처럼 다시 자기 자신으로 돌아오기 위한 것, 그리고
우리의 인생인 일상을 여행할 힘을 얻기 위해서다.

나는 여행을 좋아하고 즐긴다. 하지만 혼자서의 여행은 좋아하지 않는다. 거의 대부분의 여행은 아내와 함께 두세 가정 혹은 여러 가정과 어울리며 대화하고 맛있는 것도 먹고 어울리는 것을 좋아한다. 이렇게 태어나서 한 걸음씩 걸어서 여기까지 왔다. 이제 남은 여정이 머지않았다. 인생은 단 한 번 사랑하는 사람들과 함께 주어진 여행이기에 그동안 더 자주 사람들과 어울리며 여행을 즐기련다.

인터넷 사전에 보면 여행을 하는 이유에는 오락, 투어, 방학을 즐기는 것, 연구를 위한 여행, 정보를 얻기 위함, 사람을 방문하는 것, 자원봉사, 종교적인 이유, 미션 여행, 사업차 방문 등 아주 다양하다. 여행자들은 아마 걷기나 자전거를 이용할 것이고 또는 대중교통이나 자동차, 기차, 비행기 등을 이용한다. 나는 여행을 통

해 인생을 배우고 더 깊은 인간관계를 가지려 여행을 즐긴다. 가능하면 가족들 특히 부부와의 여행을 즐기자. 인생의 가장 중요한 동반자는 부부이기 때문이다.

미국의 심장부를 강타한 9·11 사건의 피해자들이 마지막 순간에 남긴 메시지는 사업이나 회사의 프로젝트 이야기가 아니었다. 그런 말은 한마디도 없었다. 인생의 마지막 순간에 그들이 남긴 메시지는 하나같이 가족에게 남기는 사랑의 고백이었다.

"여보, 난 당신을 사랑했어. 당신을 다시 봤으면 좋겠어. 부디 애들하고 행복하게 살아."

많은 사람이 일에 치여 가족도 잊은 듯 바쁘게 살아가지만 '목숨이 1분도 채 남아 있지 않을 때는 결국 가족을 찾는다.'는 것이다. 어머니, 아버지, 여보, 나의 아이들아! 그렇다. 인생의 가장 본질적인 보람은 일이나 성공이 아니라 가족이다. 우리가 하는 일들이 아무리 소중하고 가치가 있어도 가족보다 더 중요한 것은 없다.

소설가 신달자 씨가 어느 라디오 대담에서 이런 말을 했다. 9년간 시부모 병시중하다가 24년 동안 남편 병시중했고, 끝내 남편은 그렇게 죽었다. 일생 도움이 되지 않는 남편인 줄로만 알았던 어느 날 창밖에 비가 와서 "어머! 비가 오네요" 하고 뒤돌아보니 그 일상적인 말을 들어줄 사람이 없더라는 것이다. 그제야 남편의 존재가

자기에게 무엇을 해 주어서가 아니라 그냥 존재함 그 자체만으로 고마운 대상이라는 것을 깨달았다 한다.

사랑하는 지인들과 함께 어울려 인생여행을 떠나보자.

✓ 태국 팍상한 폭포 앞에서

✓ 아들들 가족과 뉴질랜드 방문

✓ 콩깍지교회 사역자 제주 여행

05

취미 - 취미는 인생의 여백을 아름답게 채색해가는 희망 펜이다

신선

꿈꾸고 사랑하며 감동과 포부를 가지고 살면 청춘이
다. 좋아하는 취미활동을 하는 것도 기쁨과 행복이다.

나는 몇 가지 취미 생활이 있다. 어렸을 때부터 찬양을 좋아해서 찬양활동을 하다가 목사님들 찬양 모임인 목사 합창단에서 20년 넘게 찬양을 하며 세계 연주 여행을 해왔다. 한 달에 한 번씩 모여 함께 교제를 나누며 찬양을 부르는 것은 얼마나 감사한 일인가? 한울교회 찬양대에서도 찬양을 부르는 시간이 행복하다. 또 어려서 시골교회에서 친 탁구 때문에 군대서도 탁구를 하고 제대하고도 계속 탁구를 하다 노회 대항 탁구대회 선수단을 이끌고 대회에도 참가했다. 은퇴하고도 한동안 치다가 요즘은 시간이 안 되어 그만두었다. 요즘은 걷기 운동과 글 쓰는 일이 취미다. 매일 수많은 자료를 수집하고 카톡과 메일을 보내려니 거의 쉴 틈이 없다. 이렇게 날마다 수많은 이들과 교감을 이루며 사는 삶이니 얼마나 감사하고 행복한가? 나는 모든 이들에게 자기 나름의 취미활동을 하라 권하고 싶다. 그것이 노년의 남은 인생 여백을 아름답게 채색

해가는 희망 펜이기 때문이다. 행복한 취미 생활로 멋진 그림을 그릴 수 있기를 바란다. 아래 취미 생활에 대한 조언을 싣는다.

노후 혹은 은퇴 생활에서 취미활동의 역할은 대단히 큽니다. 그래서 젊었을 때부터 취미활동을 하는 것이 좋으며 길고 긴 은퇴 기간에 지루하지 않도록 취미 생활도 미리부터 준비해야 합니다. 경제활동을 하지 않는 노후생활에 취미 생활이 없다고 가정해 보면 그 중요성을 알 수 있습니다. 새벽잠이 없어지는 노년에 일찍 잠에서 깨어나 저녁에 잠들 때까지 특별히 하는 일이 없다면 그 긴 노후생활을 어떻게 지낼 수 있을까요?

취미활동은 삶을 풍부하게 하는 역할을 합니다. 취미활동을 위해 모은 돈은 사용할 때도 기분이 좋습니다. 자신을 위해 사용하는 돈이기 때문입니다. 취미활동은 인생을 지루하게 느끼지 않도록 하는 데 큰 역할을 하기도 합니다. 각종 계획으로 인생을 바삐 사는 젊은 시절에도 취미활동은 지친 삶을 재충전시키는 역할을 합니다. 그래서 취미활동을 젊어서부터 하라고 하는 이유이기도 합니다. 물론 취미활동은 본인이 좋아하는 것이면 뭐든 좋습니다. 수집, 여행, 관람, 산행, 사진, 음악 등 본인이 하고 싶고 즐거이 여가를 보낼 수 있다면 모두 가능한 취미활동입니다.

주변에서 많은 노인분들을 봅니다. 각종 문화센터에서 여러 프로그램을 수강하며 시간을 보내며 그들만의 커뮤니티를 형성하여 재미있게 지내는 분들이 있습니다. 경제적으로 여유 있는 분들은 백화점 문화센터를 이용하기도 합니다. 문화센터를 이용하지 않더라도 나름 동호회를 형성하여 활동하는 경우도 있습니다. 그러나 취미활동을 하지 않거나 준비가 안 된 사람은 좀 더 지루한 노년을 보내게 되는 경우가 많습니다. 그때야 새로운 취미를 찾아 이리저리 알아보기 시작하면서 후회를 하게 됩니다.

지금 하는 특별한 취미활동이 없다면 새로운 취미활동을 찾아보시길 권합니다. 새로운 기대감과 만족감, 변화된 생활을 경험하게 될 것입니다. 같은 취미활동을 하는 사람을 만나게 되는 것은 덤입니다. 그 취미가 즐겁다면 삶이 더욱 풍부해짐을 경험하게 될 것입니다.

06

경제 – 나누고 베풀면서 사는 경제적 자유를 누리다

F. 베이컨

돈은 비료와 같은 것으로 뿌리지 않으면 쓸모가 없다.

나나 아내는 남에게 주고 베푸는 것을 행복으로 여기고 산다. 내가 먹고살 만큼만 있으면 되는 것이지. 악착같이 모아서 쓰지도 못하고 가는 인생이 가장 불쌍한 인생이다. 하나님께서 주신 은혜의 기회를 쏟아버리고 가기 때문이다. 하나님께서는 내게 은퇴 후에도 베풀고 살 수 있는 은혜를 주셨다. 걷기 운동하면서 과일이나 채소도 풍성하게 산다. 그냥 나누기도 하고 김치를 만들어 나누기도 하고, 아내는 힘들다면서도 오이소박이나 얼갈이김치 등을 쉬지 않고 만들어 공급한다. 나에게 너무 많이 사온다고 투덜대지만 그건 그냥 하는 잔소리다.

우리는 필요한 곳이다 싶으면 적금을 깨서라도 도와준다. 지금까지 여러 번 모았던 적금을 깼다. 누군가 몸이 안 좋아 입원하는 이들에게 치료비를 보태주고 어려운 교회들과 선교지에 후원금을 보내고 가전제품이 낡아 교체해야 하는 교회나 개인에게는 냉장고 에어컨, 세탁기를 사주고, 다 도울 수는 없지만 힘자라는 데까지 베풀기를 힘쓴다. 이렇게 남들에게 베푸는 삶이 생명이 다할 때까지 지속하는 것이 우리의 기도 제목이다. 아래 힐링 칼럼에 실었던 감동 글을 실어본다. 이 세상에 필요한 이들은 돈 많고 높은 지위에 오르고 많이 배운 이가 아니라 어려운 이웃들에게 작은 사랑을 베풀 수 있는 이들이기에, 그런 이들이 많아지는 따뜻한 세상이 오기를 꿈꾸며 기도한다.

'우유 한 잔의 값'

어느 무더운 여름날, 미국 메릴랜드의 한 마을에 남루한 복장의 고학생이 나타났습니다. 서적 외판원인 청년은 더위와 굶주림에 지쳐 있었습니다. 그는 마을 입구의 허름한 집을 방문했습니다. 한 소녀가 학생을 맞았습니다.

"우리는 너무 가난해서 책을 살 수가 없어요."

고학생은 이마의 땀을 닦아내며 시원한 우유 한 잔을 부탁했습니다. 소녀는 쟁반에 우유 두 잔을 담아 정성껏 대접했습니다. 고학생은 소녀의 친절에 감동해 수첩에 그녀의 이름을 적어두었습니다.

20여 년 후 메릴랜드 병원에 한 여성 중환자가 실려 왔습니다. 병원장 하워드 켈리 박사는 의사들을 총동원해 환자를 살려냈습니다. 그러나 여인은 1만 달러가 넘는 치료비 청구서를 받아들고 한숨을 토했습니다. 그런데 청구서 뒤에는 병원장의 짤막한 편지 한 장이 붙어있었습니다.

"20년 전 저에게 대접한 우유 두 잔이 치료비입니다."

가난한 고학생이 의사가 되고 병원장이 되어 은혜를 갚은 것입니다.

07

신앙 - 모든 것을 가능하게 하는 힘이다

막 9:23

'할 수 있거든'이 무슨 말이냐 믿는 자에게는 능치 못할 일이 없느니라.

목회란 믿음으로 일어서는 기적의 현장이다. 하루에도 무슨 일이 일어날지 알 수 없는 광야 길을 성도들과 함께 약속의 땅을 향해가는 길이다. 하나님께서 오늘도 나와 함께 하신다는 믿음 없이 어떻게 그 길을 가겠는가? 아파트 안에 유치원 건물을 분양받을 때 내가 빚을 얻어 1, 2, 3단지 안에 교회 광고 게시판을 세우는 것을 보고 아내는 걱정했다. 도대체 분양이 안 되면 어쩌려고 이미 분양을 받은 것처럼 돈을 들여 광고 게시판을 세우나! 그런데 정말 그대로 이루어지는 것을 보고 그제야 '우리 목사님 믿음으로 교회가 분양됐구나' 하는 마음이 들더란다. 목회란 믿음으로 기도하고 믿음으로 행동하며 나아가는 것이다. 그때 불가능을 가능케 하시는 하나님의 기적을 경험하게 된다.

믿음이란 평소엔 가치를 잘 모르지만 어려운 시련과 절망 중에 다시 일어서게 하는 희망의 닻줄입니다. 이 글을 읽는 이들과 가족들이 전능하신 창조주 하나님을 믿어 고난을 이기고 승리하는 삶이 되기를 기도합니다.

'믿음으로 일어선 베서니'

서핑에 천부적인 재능을 지닌 '베서니'라는 꼬마 아가씨가 있었습니다. 그녀는 하와이 카우아이에서 태어나 서핑을 즐기는 부모의 영향으로 매일 바다에서 놀고 바다에서 배우며 성장했습니다. 걸음마보다 서핑을 더 먼저 배운 그녀에게 서핑은 최고의 스포츠이자 친구였으며, 프로 서퍼가 되는 것은 그녀의 꿈이었습니다.

13살이 되던 해, 하와이주 결선 서핑대회에 출전한 그녀는 1위로 예선을 통과했고 세계월드컵에 입상해 미래가 보장된 삶을 살았습니다. 그러던 어느 날, 그녀에게 갑자기 청천벽력과 같은 일이 일어났습니다. 친한 친구의 가족과 함께 서핑을 나갔다가 바다 한가운데서 상어의 공격을 받은 것입니다. 그녀는 팔 하나를 잃었고 혈액의 60%가 빠져나가 목숨만 겨우 건졌습니다. 의사는 '살아있는 기적'이라고 표현할 만큼 구사일생으로 살아남았고, 연일 언론의 관심을 받았습니다. 한쪽 팔을 잃은 슬픔과 무너진 자신의 꿈으로 힘든 시간을 보냈고, 거기다 감염과 치료의 고통에 시달리며 하루하루를 간신히 버텼습니다. 가족과 친구들의 사랑의 힘으로 다시 서핑을 시작했지만, '베서니'는 한쪽 팔로는 균형을 잡지 못해 파도를 이기지 못하고 포기했습니다.

좌절했던 '베서니'는 태국 쓰나미 현장에 봉사 활동을 나갔다가 그곳에서 많은 것을 깨달으며 다시 서핑을 시작했고, 다시 경기에 나간다는 목표를 세우고 훈련을 시작했습니다. 일반인도 가만히 서 있기 힘든 파도 위에서 한 팔로 파도를 타며 언제 끝날지 모르는 훈련을 계속했습니다. 그녀는 사고 발생 2년 후 다시 경기에 나가 세계 챔피언이 되었습니다.

그녀의 이 감동적인 실화는 영화 〈소울 서퍼〉로 제작됐습니다. 그녀는 이렇게 말합니다.

"If you have faith, anything is possible. Anything at all!!"

"믿음이 있다면 불가능은 없습니다."

"내게 일어난 일을 바꾸지 않겠어요. 여러분 앞에 설 이런 기회가 없었을 테고, 두 팔이었을 때보다 더 많은 사람들을 끌어안을 수 있게 되어 감사할 따름입니다."

바보 목사, 세상에 힐링 러브레터를 발송하다

E.리스

말도 아름다운 꽃처럼 그 색깔을 지니고 있다.

스탕달

사랑에는 한 가지 법칙밖에 없다. 그것은
사랑하는 사람을 행복하게 만드는 것이다.

내게서 힐링편지를 받는 이들은 그 연령과 직업, 종교가 다양하다. 초등학생 때부터 글을 받은 고등학교 조카도 있고 이제 5학년인 초등학생 손녀부터 청년, 나이 90대의 노인도 있다. 그분들 중에는 야당 대표를 하던 정치가도 있고 구의원, 주민자치위원장 같은 행정가, 교수, 부동산 업자, 사업가, 선교사, 목사, 사모, 전도사, 장로, 권사, 집사, 불교인, 유교인 심지어 점술가도 있다. 애국방에서 만난 이도 있고 동기, 동창, 합창단, 동네 가게, 지인들의 요청, 등 얼기설기 얽힌 인연으로 그분들 모두에게 사랑의 메시지를 매일 발송한다. 그분들이 글을 통해 행복하고 보람 있고 아름다운 생애가 되기를 기도한다. 매일 글이 오기를 학수고대하며 처음부터 끝까지 열심히 보는 이들도 있고 대충 자기가 원하는 부분만 스치며 지나가는 이들도 있다.

글의 내용은 나의 일상을 솔직히 드러내며 쓰기에 좀 민망한 부분들도 있다. 뭘 어디서 얼마에 샀고 오늘은 누구랑 어디 가서 뭘 먹었고, 때로는 가정 이야기들 때문에 가족들이 싫어하기도 한다. 뭐 그런 것까지 쓰느냐? 지인들과 만나 교제하는 사진을 찍어 실으면 내 얼굴을 왜 그렇게 찍어 보내느냐? 항의도 한다. 세상에 어느 누가 매일 자기 삶을 있는 그대로 세상에 노출하겠는가? 하지만 난 그런 바보스러움을 있는 그대로 드러내고 싶다. 그것이 우리네들의 살아가는 모습 그대로이기에, 그리고 그런 모습을 보며 함께 공감하고 느끼고 생각하고 위로받기에, 정치, 경제, 사회, 문화, 예술, 스포츠, 찬양, 가요, 간증, 설교, 감동 글 등 다양한 모습을 통해 육신과 정신과 영혼을 치유하는 시간으로 여긴다.

기꺼이 하루 3,000명 이상에게 카톡으로, 메일로 밴드로 사랑의 러브레터를 방송한다. 궁극적으로는 그 영혼들이 하나님을 만나 구원의 감격을 안고 살게 되기를 기도한다.

✓ 첫째 아들 가족

Part 5

바보 목사 이형우, 은퇴자의 롤 모델이 되다

신 28:1-6

1 네가 네 하나님 여호와의 말씀을 삼가 듣고 내가 오늘 네게 명령하는 그의 모든 명령을 지켜 행하면 네 하나님 여호와께서 너를 세계 모든 민족 위에 뛰어나게 하실 것이라 2 네가 네 하나님 여호와의 말씀을 청종하면 이모든 복이 네게 임하며 네게 이르리니 3 성읍에서도 복을 받고 들에서도 복을 받을 것이며 4 네 몸의 자녀와 네 토지의 소산과 네 짐승의 새끼와 소와 양의 새끼가 복을 받을 것이며 5 네 광주리와 떡 반죽 그릇이 복을 받을 것이며 6 네가 들어와도 복을 받고 나가도 복을 받을 것이니라

01

은퇴 후에도 본교회의 찬양대에 서다

시 100:1-2

온 땅이여 여호와께 즐거운 찬송을 부를지어다 2 기쁨
으로 여호와를 섬기며 노래하면서 그의 앞에 나아갈
지어다.

내가 원로목사로서 은퇴 후에 본 교회 찬양대에 선다니까 찬성
하는 이들도 있고 반대하는 이들도 있다. 반대하는 이들은 후임이
부담되지 않도록 은퇴자는 본 교회가 아닌 다른 교회로 나가야 한
다는 지론을 가진 이들이다. 아주 멀리 교회와 떨어져서 가능하면
얼굴도 비치지 않는 게 좋다는 이들도 있다. 은퇴 후에 원로목사로
서 후임 목사의 상왕 노릇을 하므로 문제를 일으키는 목회자들을
많이 보아왔기 때문이다. 충분히 이해가 가는 말이다. 하지만 나
는 그렇게 생각하지 않는다. 수십 년을 교회를 위해 기도하고 수고
한 목사로서 본 교회에 폐가 되지 않는다면 찬양대를 서라고 적극
적으로 권하고 싶다.

찬양에 대한 달란트가 있고 예배에 도움을 줄 수 있음에도 원로

목사니까 그만둬야 한다는 생각엔 동의할 수 없다. 다만 예배 후에 이 사람 저 사람 만나지 말고 찬양대만 서고 바로 집에 오는 것이 좋다. 새벽기도든 오후 예배나 수요, 금요기도든 다른 예배는 참석하지 말고 낮 예배 찬양 후에 찬양 후에 연습이 끝나면 바로 집에 오면 된다. 우리 한울교회 남성 파트는 숫자가 적어서 나 같은 사람의 도움이 절실히 필요하다. 처음에는 원래 파트인 테너를 하다가 요즘은 베이스 파트가 적어 베이스를 한다. 찬양대원들이 말했다.

"목사님. 베이스 파트를 좀 해 주세요."

어떤 이는 원로목사와 사모가 은퇴 후에 찬양대를 선다는 것만으로도 은혜가 된단다. 겸손하게 내가 도움을 줄 수 있는 일을 찾아 섬길 수 있음은 얼마나 감사한 일인가? 나는 모든 원로와 은퇴 목사들이 할 수만 있다면 나처럼 찬양대에 서서 봉사하다가 천국에 이르기를 바란다.

✓ 코로나 시대 한울교회 송구영신예배 찬양대 사진

02

은퇴 후에 글쓰기를 시작하다

아리스토텔레스

당신의 진정한 모습은 당신의 반복적으로 행하는 행위의 축적물이다. 탁월함은 하나의 사건이 아니라 습성인 것이다.

목사는 항상 설교를 작성하기에 글 쓰는 일이 생활화되어 있다. 글을 어떻게 쓰느냐가 문제지 마음만 먹으면 얼마든지 글을 쓸 수 있다. 나처럼 살아가는 이야기를 쓰지 않아도 일주에 한 번씩 성경 구절을 인용해서 강단에서 설교할 때 사용했던 짧은 예화라도 하나씩 넣어서 편지를 보냈으면 한다. 자기가 받은 글 중에 좋은 글들을 첨부해도 좋고, 자꾸 글을 쓰다 보면 요령이 생긴다. 건강정보도 넣어보고 좋은 영상도 넣어서 보내보고 그렇게 내가 살아가는 세상을 향해 마음을 열고 다가가면 훨씬 보람과 행복을 느끼게 된다.

사람들은 대부분 긴 글을 싫어한다. 짧고 감동적인 글들이 인기가 좋다. 지금부터라도 한번 시도해보라. 나는 모든 목사와 사모, 성도들에게 글 쓰는 일을 적극적으로 추천한다. 그리고 그런 글들을 모았다가 책을 내면. 후손들이나 아는 지인들에게 자기 삶의 좋은 발자취가 될 것이다.

✓ 코로나로 인해 성남 소망교회에서 콩깍지교회 예배 설교 사진

03

동료 목회자와 아름다운 교제를 이어가다

괴테
나에게 혼자 파라다이스에서 살게 하는 것보다 더 큰
형벌은 없을 것이다.

감사한 것은 내 곁에 아무 사심 없이 가까이 지내는 동료 목회자들이 있다는 것이다. 은퇴한 목회자들과도 잘 어울리며 가끔 식사도 나누고 현역 목사님들과도 자주 어울린다. 교단이 다르고 나이가 차이 나도 상관없이 교제하며 어울린다. 콩깍지교회에도 매주 함께 하는 목회자들이 있다. 양주에서, 용인에서, 인천에서, 하남에서 코로나로 아울렛에서 예배를 드릴 수 없어 내가 사는 성남 소망교회서 예배를 드려도 변함없이 함께 예배드리며 교제한다. 어떤 때는 감사의 눈물이 난다. 어찌 이리 귀한 분들이 함께 위로하고 격려하며 동행의 길을 가는지 감사하다.

매일 카톡을 통해 위로와 격려의 글을 보내주시는 어르신 목사님들. 선후배 목사님들, 사모님들까지, 매일 보내주는 답 글들을 보면 너무도 힘이 난다. 함께 하지는 못해도 지방과 해외에서까지 늘 기도와 격려를 통해 끊임없이 교제를 나누는 동료들 목회자들이 있어 행복하다. 바보 목사이기에, 더 많은 위로와 격려가 필요하기에 어버이의 마음으로 아끼고 품어주며 사랑해주는 모든 분께 깊은 감사를 드린다. 이게 은퇴한 목회자의 행복이다.

✓ 콩깍지교회 예배 모습

04

직장선교회에서 설교를 계속하다

앨버트 하버드

직업에서 행복을 찾아라. 아니면 행복이 무엇인지 절
대 모를 것이다.

내가 담임하는 콩깍지교회는 은퇴 후 하나님이 주신 은혜의 선
물이다. 그렇지 않다면 어떻게 아들이 속한 건설회사에서 아울렛
을 운영하리라 생각하겠는가? 건설회사가 어려워지자 같은 계열
사인 현대와 합자해서 의류업인 아울렛 회사를 세우고 아들이 그
곳에서 파견 근무하는 중에 뜻있는 신앙인들을 만나 신우회를 조
직하고 말씀을 나누다가 예배를 드리며 본격적으로 회사원들에게
복음을 전하기로 해서 나를 담임목사로 초빙했다. 그런 우여곡절
을 겪으면서 여기까지 왔다.

아울렛 회사의 특성상 예배와 식사를 한 시간 정도에 마쳐야
한다. 따라서 모든 예배를 간소화해야 했다. 준비 찬송 한 두 장,
신앙고백과 참회의 기도, 대표기도, 설교와 찬양, 헌금과 축도로
모든 예배를 40분 안에 마친다. 설교는 20분 정도로 짧으면서도

마음에 남는 내용을 담아야 하기에 본문에서 주시는 하나의 주제를 잡아서 해야 한다. 이것을 나는 '원 포인트' 설교라 부른다. 그렇게 몇 년을 계속하다 보니 이 설교법이 너무 좋다는 걸 깨닫는다. 우린 얼마나 많은 내용을 전하려고 준비하고 애를 쓰는가. 나는 현역시절 7페이지 정도의 분량으로 설교했다. 지금은 두 페이지 반 정도로 설교한다. 하지만 아내는 지금의 설교가 훨씬 은혜롭다 한다. 모든 군더더기를 빼고 예화도 꼭 필요한 것만 넣고 핵심만을 전하기 때문에 머리에 쏙 들어온단다.

그동안 하나님께서 목회자들의 설교 준비 모임인 프로페짜이를 통해 매주 설교자들의 설교를 보게 하시고 그 자료들을 수없이 뒤집으며 설교를 작성하려 몸부림치게 하시고 콩깍지교회에 설교하게 하신 이유가 이 설교법을 전하게 하기 위해서라 생각한다. 나는 꼭 이 내용을 후배들에게 전해주고 싶다. 오직 하나의 주제를 향해서 달려가며 쉽고, 재밌고 감동적으로 전해서 마음속에 도장을 찍듯 전하는 설교, 이 설교법이 익숙해지면 부흥회나 헌신예배 등 특별집회도 문제없다.

같은 원리로 준비하면 되기 때문이다. 본문을 읽고 몇 개의 대지로 나눠 지루하고 복잡하게 하는 설교는 머릿속에 남지 않는다. 말씀을 듣고 나도 이 말씀대로 살아야겠다는 결단과 적용이 중요한 것이다. 그리고 마지막 결론은 꼭 전도에 둬야 한다. 내가 이 귀한 말씀을 들었기에 그 말씀을 내 가족과 친지 이웃과 동료들에게 전할 수 있어야 한다. 콩깍지교회에 나를 보내 설교하게 하신 것은 내게 주신 크신 은총이요 축복이다.

힘든 이들에게 용기를 주며 살아간다

고후 1:3

찬송하리로다. 그는 우리 주 예수 그리스도의 하나님이시오, 자비의 아버지시오, 모든 위로의 하나님이시며.

참 세상살이가 만만찮다. 목회도 힘들고 사업도 힘들고 직장생활, 가정생활 모두가 어렵고 힘들어 주저앉기도 하며 넘어졌다 일어섰다 엎치락뒤치락 인생이다. 이런 이들에게 위로와 용기, 격려를 해주고 싶어 힐링편지를 쓰기 시작했다. 나의 살아가는 모습을 있는 그대로 보여주며 인생사는 게 별 게 아니라는 것을 보여주고 싶었다. 무슨 물건을 어디서 얼마에 사고 어디서 누굴 만나 무얼 먹고 어떻게 살아가는가. 실수로 넘어져 무릎이 깨진 이야기까지 싣는다.

그리고 수많은 주제의 이야기들을 주제로 싣는다. 감동 이야기도 싣고 유머들도 싣고 실패를 딛고 일어난 이야기들도 싣는다. 실패를 딛고 일어난 이들의 이야기는 얼마나 넘어지기 쉬운 이들에게 용기와 위로를 주는가. 나는 아이들이 실수해도 나무라지 않는다. 이미 실수를 통해 깨달음을 얻었기 때문이다. 거기 대고 야단치면

오히려 반감만 품을 뿐이다. 나는 힐링편지를 통해 많은 실패자와 낙심하는 이들에게 용기를 주려 한다. 그래서 끊임없이 실패와 고통을 딛고 일어선 희망의 이야기들을 싣는다. 아래 실은 글처럼!

'실패 박물관'

'세상에 새로운 것은 없다'라고 말하는 맥머스는 실패가 결국은 성공으로 이어진다는 것을 보여줍니다. 기업 경영인들이 따로 예약해서 실패한 제품들을 공부하기 위해 올 만큼 명소로 거듭났습니다. 그중에 몇 가지를 말씀드리면 RJ 레널즈 사가 개발한 '연기 안 나는 담배'인데, 그 회사는 흡연자들의 기쁨 가운데 하나가 연기를 바라보는 것임을 간과하였습니다. 그래서 제품 출시 1년도 안 돼 시장에서 사라지는 큰 실패를 경험하게 됩니다. 또 하나의 실패작을 든다면 펩시콜라의 야심작인 무색 콜라 '크리스틸 펩시'입니다. 이 무색 콜라 역시 100년 가까이 콜라 하면 흑갈색이라고 믿은 소비자들의 고정관념을 무시하여 실패하고 맙니다. 그러나 이런 실패가 무가치한 것은 아닙니다. 실패한 제품들의 결함이나 부족한 점을 보았기에, 더 좋은 제품을 만들 수가 있었기 때문입니다.

발명왕 에디슨은 "실패는 성공을 위한 과정"이라는 유명한 말을 하였습니다. 에디슨은 축전지를 발명하기까지 수만 번의 실패를 하였는데, 실패할 때마다 축전지를 만들 수 없는 물질을 하나씩 제거했기에 한 번의 실패는 한 걸음 더 성공에 다가서게 되었다고 생각하였습니다. 에디슨이 4만 번쯤 실패했을 때 한 친구가 찾아와서 수많은 실패에도 불구하고 계속 연구하는 에디슨을 안타까워했습니다. 그때 에디슨은 "수천 가지의 물질들이 축전지를 만들 수 없다는 결론을 얻었기에 내게 있어 이것은 실패가 아니라 성공"이라고 말하였습니다.

1914년 겨울밤 에디슨의 공장이 불에 타버렸습니다. 그의 필생의 결과가 완전히 없어진 것입니다. 화재소식을 듣고 달려온 에디슨은 바람을 타고 번져나가는 화염을 바라보는 수밖에 없었습니다. 에디슨의 나이 67세였습니다. 그것은 에디슨에게는 재기 불능의 재난인 것처럼 보였습니다. 다음 날 아침 에디슨은 잿더미로 변한 공장을 둘러보면서 이렇게 말했습니다.

"지금까지 우리가 저지른 모든 시행착오며 실패들이 완전히 타 버리고 없어졌다. 이제 우리는 그런 실패들을 거치지 않고 다시 시작할 수 있게 되었다."

3주일 후에 에디슨의 공장은 첫 축음기를 생산하는 데 성공했습니다.

발명왕 에디슨은 그의 평생 1천 3백여 제품을 발명했습니다. 그중 백열전구의 발명은 무척 힘이 들었다고 합니다. 10년 동안 무려 2천 번의 실험 끝에 성공한 것입니다. 어느 날 기자가 물었습니다.

"에디슨 씨, 10년 동안 수없이 실패했을 때 기분이 어떠했습니까?"

에디슨은 웃으며 답했습니다.

"실패라니요? 난 한 번도 실패한 적이 없습니다. 단지 2천 단계를 거쳐 발명했을 뿐입니다."

에디슨의 모든 발명품은 그의 긍정적인 사고와 집념의 산물이었던 것입니다.

06

꾸준한 건강 관리를 한다

에머슨

건강은 제일의 부이다.

몽테뉴

쾌락도 지혜도 학문도 미덕도 건강이 없으면 그 빛을
잃어 사라지게 될 것이다.

언젠가 노회 시찰회에서 여행을 갔을 때 한 후배와 같은 방을
쓰게 되었다. 내가 저녁과 아침에 나름대로 건강 관리를 하는 것
을 보고 후배가 감탄한다.

"목사님은 참 성실하십니다. 날마다 운동을 꾸준히 하는 건 성
실하지 않으면 안 되거든요."

정확한 지적이다. 나의 생활신조는 성실이다. 한번 정한 것은
변함없이 꾸준히 한다. 아내는 이런 나를 보고 '참 대단하십니다'
라 한다. 이렇게 꾸준히 운동하기에 고혈압 당뇨를 30년 이상 갖
고도 오늘까지 건강을 유지하는 것이다. 내가 매일 꾸준히 하는
운동이 있다. 걷기 운동은 필수다. 가능하면 매일 만 보 이상 걸으
려 애쓴다(손에 악력기와 지압봉을 번갈아 쥐며 걷는다). 그리고

내가 아침부터 밤까지 하는 운동을 정리해보면 아래와 같다.

나는 나처럼 모든 이들이 나름대로 꾸준히 건강을 관리하라고 권하고 싶다.

- 새벽: 기도 가기 전 눈을 뜨면 잠자리에서 하는 운동

  (4:20~5:20분까지, 총 한 시간)

- 잠자리에서 일어나

  1. 종아리 주무르기 100번

  2. 종아리 훑기: 무릎에서 발목 쪽으로 200번

  3. 대나무 통에 발목 치기: 허리에 반쪽짜리 대나무 통을 받치고 목에 오동나무 둥근 베게 받치고 좌우로 도리도리하며 200번, 발 부딪치기 100번

  4. 벽에 다리 붙여 올리고 손가락 지압하기, 손가락 사이 지압하기, 양 손가락 옆 누르기와 손톱 위 누르기, 각 10번씩

  5. 다리 잡고 들어 올리기와 무릎 꺾고 앞으로 잡아당기기, 각 30번

  6. 무릎 꿇고 발뒤꿈치 엉덩이에 붙이기, 50을 셈

- 화장실에서 변기에 앉아

  1. 머리 두들기기: 뒤쪽을 더 많이 100번

  2. 손가락으로 머리 훑기 50번

3. 귀 잡아당기기, 위에서 아래로 접기, 앞뒤로 구겨서 비비기, 각 50번

4. 귀 뒤와 앞을 잡고 문지르기 50번

5. 귀를 접고 검지로 두들기기 20번 (북 치는 소리가 나는데 어지럼증 예방)

6. 양쪽 턱뼈를 잡고 문지르기 50번

7. 위아래 턱뼈를 잡고 문지르기 50번

8. 잇몸을 좌우로 세게 문지르기 50번

9. 코를 엄지와 검지로 잡고 위아래로 문지르기 50번

10. 눈가를 열 번씩 돌아가며 문지르고 바깥쪽으로 문지르기 50번

11. 얼굴 문지르기 50번

12. 뒷목 양쪽 두들기기 50번씩

13. 가슴 치기 (왼쪽, 중앙, 오른쪽) 각 50번

14. 배 두들기기와 시계방향으로 지압하기 각 50번

15. 손가락 끝 부딪치기, 손뼉치기, 손등 치기 각 50번

16. 양팔과 다리 두들기기 각 50번

17. 칫솔질 후 소금물 물에 타서 양치질: 기상 후 취침 전, 식후, 하루 5번 기본. 칫솔질은 잇몸에서 피가 날 정도로 안쪽과 바깥쪽을 닦음. 식사 후에는 치약을 치간 칫솔에 묻혀 이 사이에 바른다. 굵은 소금을 물 한 컵에 타서 코로 물을

들이마시고 뱉음, 가글 (코로나도 예방됨)

18. 냉수마찰: 얇은 수건으로 여름엔 매일, 겨울엔 이틀에 한
    번 (나이 들수록 몸에서 냄새가 안 나야 함)

19. 머리 감기: '려' 회사 제품. 탈모 방지 샴푸로

• 새벽기도 가며 발뒤꿈치 들고 뜀 (성경 배낭 메고 약 180보)

• 다녀와서

1. 줄 당기기 (앞에서 벌리기, 목 뒤로 양쪽 당기기 30번

2. 덤벨 어깨 메고 스쿼시 50번

• 저녁에 자기 전: 둥근 대나무 통을 발목에 두고 발 옆 부딪히기
    천 번

누죽걸산 (한자어로 와사보생[臥死步生]과 유사)

(누)우면 (죽)고 (걸)으면 (산)다 는 뜻의 줄임말.

걷고 달리는 활동력을 잃는 것은 생명 유지능력의 마지막 기능
을 잃는 것이 아닌가. 걷지 않으면 모든 걸 잃어버리듯 디리가 무너
지면 건강이 무너진다. 무릎은 100개의 관절 중에서 가장 많은 체
중의 영향을 받는다. 평지를 걸을 때도 4~7배의 몸무게가 무릎에

가해지며 부담을 준다. 따라서 이 부담을 줄이고 잘 걷기 위해서는 많이 걷고 자주 걷고 즐겁게 걷는 방법밖에 없다.

건강하게 오래 살려면 우유를 마시는 사람보다 배달하는 사람이 되라. 더 무슨 설명이 필요하겠는가? 언제 어디서든 시간이 나면 무조건 걷자. 허준의 동의보감에도 약보다는 식보요, 식보보다는 행보(行補)라 했다. 서 있으면 앉고 싶고, 앉으면 눕고 싶은 일흔 나이, 누우면 약해지고, 병들게 되고, 걸으면 건강해 지고 즐거워 진다. 질병, 절망감, 스트레스, 모두 걷기로 다스려진다. 걷는 것은 혈관을 깨끗하게 한다. 때와 장소를 가리지 말고 걸어라. 그곳이 어디든, 하이킹을 할 수 있는 아름다운 곳을 향해 떠나보기 바란다. 자연이 이끄는 힘이 있다. 마음을 비우게 되고, 좋은 것을 상상하게 되며, 새소리와 물소리에 마음이 정화된다.

미국 정부의 노년문제 전문연구학자 사치(Schach) 박사는 20살이 넘어서 운동을 하지 않으면 10년마다 근육이 5퍼센트씩 사라지며 뼛속의 철근이라고 부르는 칼슘이 차츰 빠져나가고 고관절과 무릎관절에 탈이 나기 시작한다고 하였다. 그로 인해 부딪히거나 넘어지면 뼈가 잘 부러진다. 노인들의 뼈가 잘 부러지는 가장 큰 이유는 고골두(股骨頭)가 괴사하는 것이다. 통계에 따르면 고관절이 골절된 뒤에 15퍼센트의 환자가 1년 안에 죽는 것으로 나타났다.

그렇다면 어떻게 해야 다리를 튼튼하게 할 수 있는가? 쇠는 단련(鍛鍊)해야 강해진다. 쇠붙이를 불에 달구어 망치로 두들겨서 단단하게 하는 것을 단련이라고 한다. 연철(軟鐵)은 단련하지 않으면 강철(鋼鐵)이 되지 않는다. 칼을 만드는 장인이 무른 쇳덩어리를 불에 달구어 수십만 번을 망치로 두들겨야 명검(名劍)을 만들 수 있다. 사람의 다리도 마찬가지다. 단련(鍛鍊)해야 한다. 다리를 단련하는 가장 좋은 방법은 걷는 것이다.

✓ 운동기구

다리는 걷는 것이 임무다. 다리를 힘들게 하고 피곤하게 하고 열심히 일하게 하는 것이 단련이다. 다리를 강하게 하려면 걸어라. 걷고 또 걸어라. 50대에는 하루에 1시간 이상 걷고 60대에는 하루에 40분 이상

✓ 침대에서 발치기 기구

씩 걸으며 70대부터는 하루에 한 시간 정도 무리하지 않는 법 위에서 걸어라. 체질에 따라 알맞는 걷기를 해야 한다. 걷는 것은 아무리 강조하더라도 부족하다. 당뇨 증상은 허벅지 근육이 튼튼하면 저절로 없어진다고 한다. 시간을 만들어 걷고 또 걷자.

07

기도의 씨앗을 후손에게 물려주다

칼빈

기도하면 할수록 하나님께서는 내게 필요한 모든 것을
더욱 후하게 제공하신다.

영국의 시인 윌리엄 쿠퍼

기도를 포기하는 자는 전쟁에서 승리를 포기하는 군
인과 같다.

나는 기도의 가정에서 자랐다. 해만 떨어지면 일찍 자리에 드
신 할아버님은 일찍 기도로 하루를 여셨고 시골집 작은 방에서 할
아버님과 잘 때면 너무 큰소리에 잠이 깨어 일어났다. 그래서 나는
'신앙인이란 저렇게 기도하는 것이구나!'라고 마음에 새겼다.

아버님의 노년은 기도하는 하루로 채워졌다. 개척교회 시절 방
이 좁아 가족들이 함께 지내기 어려워 안성 요양시설로 들어가신
아버님은 요양원의 배려로 이 층 방 한 개를 혼자 사용하시며 마
음껏 찬송과 기도와 성경 읽기로 지내셨다. 처음에는 전동차에 깃
발을 꽂고 안성 시내에 나가 전도지를 돌리시다 나중에는 운전 감
각이 떨어져 자꾸 사고를 내서 전동차 운행을 중단시키자 거의 하

루를 기도와 말씀으로 사셨다. 그 기도의 씨앗이 있었기에 나의 바보 목회가 순탄하게 진행될 수 있었다고 나는 믿는다.

나는 할아버님과 아버님에 미치지는 못하지만, 이 기도의 씨 뿌림을 나의 후손들에게 이어주기를 기도한다. 그래서 아무리 피곤해도 새벽기도는 빠지지 않는다. 은퇴하고 너무 무리하지 말라고 그러다 쓰러진다는 이들도 있는데 기도하다 죽으면 영광 아닌가. 눈물의 기도는 헛되지 않다. 내가 기도 중에 받은 말씀은 시 126:5-6절이다.

5 눈물을 흘리며 씨를 뿌리는 자는 기쁨으로 거두리로다 6 울며 씨를 뿌리러 나가는 자는 반드시 기쁨으로 그 곡식 단을 가지고 돌아오리로다. 울며 기도의 씨를 뿌렸기에 이스라엘이 바벨론 포로에서 갑작스럽게 해방의 감격을 맞은 것이다.

유명한 설교가 스펄천 목사님은 기도에 대하여 이렇게 말했다.
"기도는 어쩌다 생각나서 하는 것이 아니라, 날마다 하는 일과이고, 습관이며, 날마다 해야 할 신성한 노동이며, 삶이다."
기도는 신성한 노동이요, 삶이다. 인간으로 불가능하게 보일지라도 하나님께는 능히 못 하심이 없기 때문에 믿음으로 하나님을 바라보며 불가능에 도전해야 한다. 기도는 하늘 문을 여는 축복의 열쇠다. 하나님은 지금도 살아 계시고 우리의 기도를 응답해주신다.

바보 목사, 은퇴자의 롤 모델이 되다

메리 C.크라울리
나는 매일 저녁 모든 근심 걱정을 하나님께
넘겨 드린다. 어차피 하나님은 밤에도
안 주무실 테니까.

내게 편지를 받는 이들은 나를 부러워한다. '목사님은 나의 롤 모델이예요. 은퇴하면 나도 그렇게 남은 생을 살고 싶어요', '난 은퇴하고 나서 가족들과 실컷 여행이나 다니려 했어요. 그런데 목사님의 삶을 보고 생각을 바꿨어요. 나의 남은 생도 저렇게 열심히 누군가에게 도움을 주며 살아야겠구나', '정말 대단해요. 어떻게 그렇게 쉴 새 없이 열심히 사세요. 부럽고 본받고 싶습니다' 그런 이들이 있다는 건 얼마나 감사한 일인가? 비록 나와 똑같이 살지는 않더라도 나름대로 은퇴 후의 삶으로 나의 모습을 닮고 싶다는 건 너무도 행복한 일이다.

나는 바보처럼 살았지만, 결코 후회가 없다. 오히려 좀 더 바보가 되지 못해 죄송한 것뿐이다. 이런 나의 모습을 부러워하며 '나도 목사님처럼 살고 싶다, 목사님은 은퇴 후 나의 롤 모델'이라는 말을 듣는 건 나의 기쁨이다. 나는 나 같은 바보 목사들이 이 땅에 많이 나오기를 기도한다. 은퇴자들이 너무 똑똑해서 많은 교회가 몸살을 앓고 갈등을 겪고 있다. 똑똑한 불행자보다 행복한 바보가 되라. 나는 그것이 예수님의 모습이요 하나님이 원하시는 삶이라 생각한다.

나는 은퇴 이후가 더 행복하다

알렉산드리아 피네
가장 바쁜 사람이 가장 많은 시간을 갖는다.
부지런히 노력하는 사람이 결국 많은 대가를 얻는다.

이제는 나 스스로 하고 싶은 일을 하며 살아간다

나의 현역 목회는 치열한 전쟁이었다. 끊임없는 설교 준비와 심방으로 지쳐 있었다. 나름대로 여유를 갖고 살려 노력했지만, 틀에 박힌 일상은 그 자체가 힘이 든다. 그런데 이제는 그런 묶임에서 해방되어 나 스스로 하고 싶은 일을 하며 살아간다. 매일 수천 명에게 카톡을 보내는 일이 얼마나 가치 있고 보람된 일인가? 누구든 만나고 싶으면 만나고 함께 식사하고 여행도 떠나고 자유를 누림은 하나님께서 노년에 주신 축복이다. 열심히 산 결과 보람 있는 남은 생을 살도록 허락하신 은총이다. 생명이 다하는 날까지 지금 이대로 살다가 주님 품에 안기기를 기도한다.

이렇게 한 권의 책을 출간할 수 있어서 감사합니다.

✓ 윤영각이 만들어준 은퇴 목사 앨범표지

　이렇게 나의 지난 삶을 정리할 기회를 주신 하나님께 감사를 드린다. 지나온 인생과 목회 여정이 한 권의 책으로 아름답게 만들어질 수 있도록 코칭해주신 코칭 전문작가 박성배 목사님께도 진심으로 감사를 드린다. 그리고 나를 위해 기도하며 함께 여기까지 인생의 동반자가 되어준 사랑하는 아내와 사랑하는 아들들 가족, 그리고 늘 내 곁에서 묵묵히 지지해주고 위로하며 격려해준 나의 사랑하는 동생들과 동료들, 성도들, 친지 모두에게 감사의 인사를 드린다.

　"여러분 때문에 나의 노년이 행복합니다. 진심으로 감사합니다."

2021년 12월

이형우

　* 끝으로 이번에 책을 내게 된 것을 축하하며 뉴질랜드 선교사로 나가있는 아들 이현민 목사가 보내온 축하 글을 싣는다.

사랑하며 존경하는 아버지의 삶이 고스란히 녹아져 있는 첫 번째 책을 출간하시게 됨을 마음 다해 축하드립니다. 아들로서 지금까지 보아온 아버지의 삶을 한 단어로 요약한다면 '성실함'이라고 말하고 싶습니다. 평생 맡겨진 책임들을 성실하게 감당해 오신 아버지께서는, 주께서 맡기신 30여년의 목회사역을 마친 이후에도 여전히 성실하게 여러 가지 사명들을 묵묵히 감당하고 계십니다. 이 책 또한 하나님께서 성실하신 아버지의 노년에 맡기신 또 하나의 사명이자 선물이라고 생각합니다.

글을 읽으며 참 감탄스러웠던 부분은, 아버지께서 참 자세하게 짧지 않은 지나온 삶의 이야기들을 나누고 계신 것이었습니다. 이것 역시도 늘 메모를 습관화하시며 시간의 자락들을 성실히 기록해 오신 결과물일 것입니다. 바라기는 재미와 감동이 넘치는 이 책을 통해 많은 이들의 마음속에 아버지의 삶 가운데 역사하신 하나님의 은혜가 전달되어, 하나님을 향한 더욱 온전한 믿음으로 나아가는 계기가 되길, 또한 방향을 잃은 삶을 향한 나침반과 같은 책이 되길 기도합니다.

뉴질랜드에서 큰 아들 현민 드림